白

韓江——著
張雅眉——譯

本書部名頁圖片，出自作者在「姊姊－嬰兒」的表演中，〈嬰兒服〉和〈密封〉的場景。用白紗布製成那女人的衣服，用白羽毛覆蓋寫給那女人的言語。

Photography：Douglas Seok

《白》精采好評

提到韓江，腦中就會自然而然地浮現：寧靜的、冰冷的、美麗的、憔悴的、雪般的、悲傷的等等。韓江擅於告訴人們「柔弱的事物有多強悍」，不論用哪方面的形容來描述韓江，都不足以說盡。從這點來看，可以將這本書視為一種自傳。透過作者本人接觸到她的世界。在本書中，不僅能瞭解她所鑽研的形象或象徵，還能找到解答，解開過去閱讀其作品時感到好奇的部分。舉例來說，能找到她經常書寫白的意象的原因。——韓國yes24網站讀者評論

一部優秀的關於悲傷的心靈地圖，在地點、歷史和回憶之間遊走……帶著平衡，且始終保有寧靜的尊嚴……《白》是個謎樣的文本，或許在某個程度上是本世俗的祈禱書……成功地反映了韓江急切的渴望，要用語言超越傷痛。——《衛報》

《白》是一部難以描述、卻容易讓人喜歡的小說。它很細膩、難以理解、無法明確

地敘述，集結了韓江寫作至今最好的那些特質。關於追憶我們所失去的，究竟代表了什麼意義，它也做出了最聰明的思索。——NPR.org

我對於白色曾有的一切想法，在閱讀韓江這部精采探索白的意義、以及白如何形塑她從生到死（包括敘述者姊姊的死亡）的世界的小說之後，徹底地改變了。韓江這本發著光的親密文字，思考著憂傷和回憶，韌性與接受，是讓人難忘的作品。——NYLON雜誌

形式大膽、情緒激烈、並有著深刻的政治意味……在這部細膩和探索性的小說之中，韓江提出了一種真實的同理心，這種模式堅守著分享經驗具有的力量，卻不會暗示差異就此消除。——《紐約時報》

帶著流利和優雅，韓江為逝去注入生命，並以這部新作注入同情。——《圖書館學刊》

韓江前兩部英文翻譯作品都成為話題，奠定了她以超現實和歷史小說為突出的寫作特色。這本最新作品，敘述者對於姊姊出生後立刻死亡這件事始終縈繞心頭，提出了對生命、死亡、韌性和白色的思索。——《哈芬登郵報》

《白》的故事裡，駐村在華沙的作家思考著白色的意義，作為一種憂傷的象徵，具有強烈的象徵意味，承續了韓江前兩部作品驚人的暴力性。——LitHub 網站

韓江的大師級語言迷人，精采無比。——《書單》

每個句子和意象都有著美麗和痛苦，其本身的單純和令人痛苦的誠實，使效果更為尖銳。——《新國際主義》雜誌

韓江在作品裡喚起白色的光芒，效果十分清新……《白》是閃耀發光、召喚人心的小說。——阿拉伯聯合大公國《國家報》

悄悄地掌握了對生命、死亡的反思，以及逝者對生者的存在衝擊。——愛爾蘭小說家艾米爾・麥克布萊德（Eimear McBride）

細膩、深沉、扎實、強烈和有力的小說。這是我會細細閱讀的那種書寫。——英國小說家喬恩・麥格雷戈（Jon McGregor）

這部作品深刻且珍貴，其中的語言有著令人疼痛的親密，每一個意象強烈而真實。傑出的小說，韓江是位天才。——愛爾蘭小說家麗莎・麥克倫尼（Lisa McInerney）

目錄

第一部 我

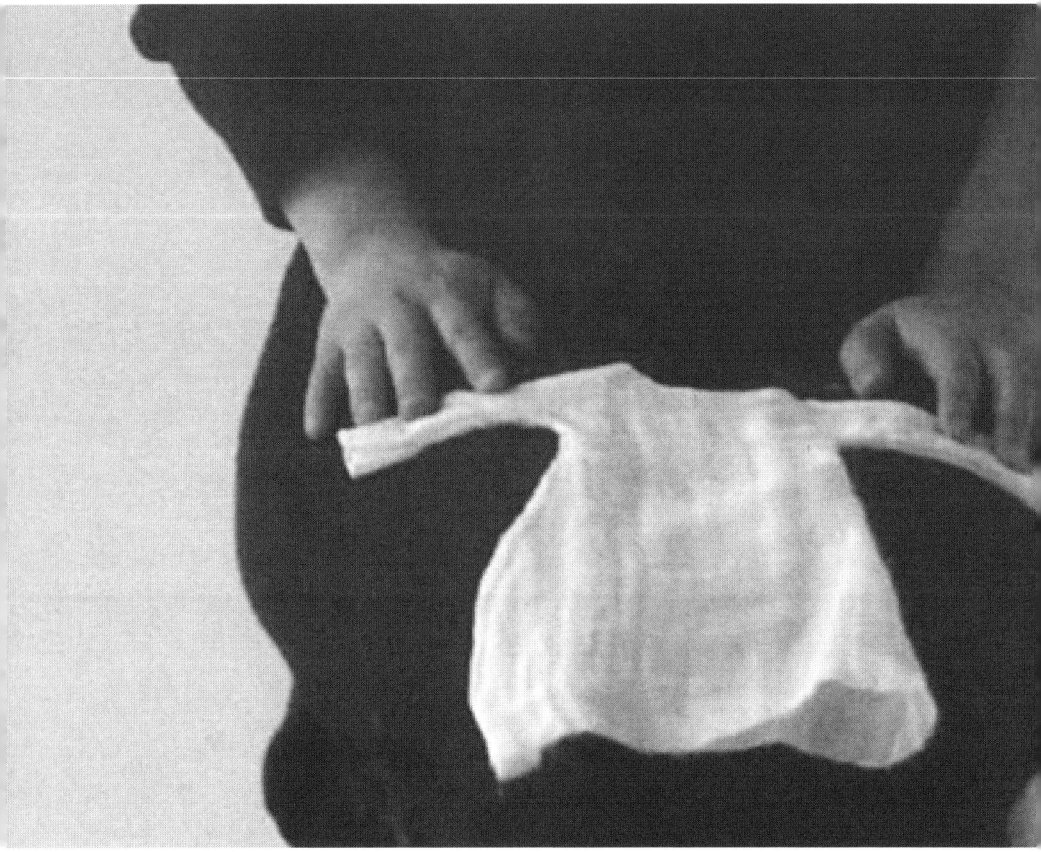

提到「白」，下定決心要書寫相關文章的那個春天，我做的第一件事，就是撰寫目錄：

襁褓
嬰兒服
鹽
雪
冰
月
米
海浪
玉蘭花
白鳥
笑得很白

白紙
白狗
白髮
壽衣

每寫下一個詞，內心就莫名的有所觸動。一定要寫完這本書。我覺得在寫作過程中，可能會讓某些事物產生變化。我需要抹在患部的白色藥膏，像是某個能覆於其上的白色紗布之類的東西。

然而，過了幾天我又再次閱讀目錄，陷入了沉思。

端詳這些單字究竟有什麼意義？

如同一旦用弓拉開鐵弦，就會發出或悲傷或奇異的尖銳聲音那般；一旦用這些單詞擦過心臟，就會有文句流淌出來，不論那是什麼內容。我可以隱身在那些文句之間，蓋上白紗布藏起來嗎？

因為難以回答這些問題，所以遲遲沒有提筆。從八月開始暫時來到這陌生國家的首都，在這裡租房子住了下來。又過了兩個月，在天變冷前的某個夜晚，我因為偏頭痛這狠毒的老朋友，熱了一杯水來吞藥丸時，（靜靜地）體會了：反正想藏匿在某處這件事，本來就是不可能的。

有時對時間的感覺會變得敏銳。特別是身體不舒服的時候。大約從十四歲開始的偏頭痛，毫無預警地和胃痙攣一起造訪，中斷了我的日常生活。停下所有做到一半的事，強忍疼痛的那期間，一滴滴掉落的時間，就像用刮鬍刀片製成的珠子那般。拂過指尖時，血彷彿要流淌出來。呼吸時，我在每一個瞬間都清楚感受到正在活下去的事實。恢復日常生活後，那感覺依然站在同樣的位置，屏住氣息等著我。

我們走在極其銳利的時間稜角，在時刻更新的透明懸崖邊往前走。我們在走過的時間盡頭，戰戰兢兢地踏出一步，然後在意志無暇介入時，毫不猶豫地朝半空中踏出剩下的另一步。並非因為我們特別勇敢，而是除此之外沒有別的方法了。現在這瞬間，我也感受得到危險。我莽莽撞撞地走進還沒走過的時間裡、還沒寫過的書裡。

門

這是很久之前的事了。

在簽約之前，我又去看了一次那間房。

本來應該是白色的鐵製房門，已經和時光一起褪色。門變得很髒，而且多處油漆脫落，脫落的位置全都生鏽了。若只是這樣，我大概只會記得那是扇格外老舊、骯髒的門罷了。問題在於「301」房號的書寫方式。

某個人——或許是過去棲身於此的其中一名房客——用錐子一類的尖銳物品，劃過那扇門的表面，將數字填入門裡。我沿著筆畫仔細端詳。3寬約三掌，碩大且有稜有角。0雖然比較小，但被重複劃過多次而比3更先映入眼簾。最後，1劃得最深，使盡全力拉長劃下。黑紅色的鏽水沿著那些粗魯劃下的直線和曲線傷口脫落、流淌，就像是殘留已久的血跡那般凝固在門上。**我什麼都不珍惜。我居住的地方、每天開關的門、我該死的人生，全都不珍惜**。那數字正咬牙切齒怒視著我。

那就是我想租下的房間，就是我打算從那個冬天開始居住的那房間的門。

整理好行李的隔天，我買了一桶白色油漆，和一支大尺寸的平刷。沒有貼壁紙的廚房和房間牆壁上，可以看到或大或小的汙漬。電器開關周邊的汙漬特別的黑。為避免油漆濺到衣服時看起來太明顯，我在淺灰色的運動服上套了一件舊的白毛衣後，開始粉刷。我從一開始就沒打算要漆得很平整。就算不均勻，白色的汙漬總好過骯髒的汙漬吧？我如此心不在焉地專挑骯髒的位置粉刷。我將一度因為漏雨而在天花板生成的偌大汙漬漆成白色，把它去除了。用濕抹布擦過淺褐色流理臺內側骯髒的地方後，那裡也變得一片潔白。

最後我走出玄關，開始粉刷鐵門。每每刷過布滿傷口的門時，那些髒汙就被一一抹去。用錐子劃出來的數字消失了。血跡般的鏽水消失了。我進到溫暖的房間裡休息，過了一小時後，一出來就看到油漆正在流淌。由於我用刷子取代滾筒，所以看見了突起的刷痕。我再度厚厚漆上一層，讓刷痕不那麼明顯，就進了房間。又過了一小時，我為了看門變得如何而踩著拖鞋出來。外頭正下著綿綿細雪。不知不覺巷子也變暗了。路燈還沒亮。我一手提著油漆桶，一手拿著刷子，躊躇地站在那兒，楞楞望著雪花如數百片羽毛飄散，緩緩落下的模樣。

襁褓

像雪那般潔白的襁褓，緊緊包裹著剛出生的嬰兒。子宮是比任何地方都還要狹窄又溫暖之處，護理師擔心嬰兒突然來到沒有邊界的寬闊空間，會冷到打顫，所以使勁包裹住嬰兒的身軀。

此時這個人初次開始用肺呼吸。這個人不知道自己是誰、不知身在何處，不知這起始為何。比新生的雛鳥和狗崽還無力，幼小的動物中最幼小的動物。

失血過多而臉色蒼白的女人，注視著那嬰兒哭泣的臉龐。她慌忙接過襁褓中的嬰兒抱在懷裡。不知道要如何讓那哭聲止住的人。方才還在經歷難以置信的痛苦的人。嬰兒突然止住了哭聲。肯定是因為某個味道。或是兩人還連結在一起。嬰兒那雙還看不清楚的烏黑眼眸，朝向女人的臉龐——那是聲音傳來的那側。不知道有什麼事開始了，這兩個人還連結在一起。在瀰漫著血味的沉默之中。白色的襁褓，置於身體和身體之間。

嬰兒服

我母親生下的第一個孩子，出生兩個小時後就死了。

母親說那是一個臉白得像半月糕的女嬰。雖然懷孕八個月就早產，身體非常小，但眼睛、鼻子、嘴巴都很分明又漂亮。嬰兒睜開烏溜溜的雙眼，望向母親臉龐的那瞬間，讓她無法忘懷。

當時母親和在鄉下擔任國小教師的父親，一起居住在偏僻的公寓裡。距離生產還有好一段時間，所以完全沒有準備，羊水卻在早上突然破了。母親身旁連一個人都沒有。村內唯一的電話，在路程要二十分鐘的站前商店內。距離父親下班的時間，還有六個多小時。

那時正值開始結霜的初冬時分。二十三歲的母親緩慢地爬向廚房，依照不知從哪聽來的方法，把水煮滾，並將剪刀消毒。她翻找了裝針線盒的箱子，發現裡面有一條可以做成一小件嬰兒服的白布。母親忍住陣痛縫製衣服，害怕得落淚。做好嬰兒服後，她拿出一條要用來當包巾的被單，忍住越來越強烈又快速反覆的陣痛。

最後母親獨自一人把嬰兒生了下來。她獨自剪斷臍帶，幫沾滿血的小小身軀，穿上剛剛做好的嬰兒服。拜託不要死。母親抱著哭聲細微、手掌般大的嬰兒，反覆喃喃自語。一個小時過後，嬰兒奇蹟般的微微睜開原本緊閉的眼皮。母親注視著那烏溜溜的雙眼，再次喃喃自語。千萬不要死。又過了一個小時，嬰兒死了。母親側身橫躺著，將嬰兒抱在懷中。她忍住悲傷，抱住那逐漸變得冰冷的身軀。她再也流不出眼淚了。

半月糕

去年春天曾經有人問我。在我小時候，有沒有讓我切身感受到悲傷的經驗。那時正在錄製廣播節目。

那瞬間我突然想到這嬰兒的死亡。我在這個故事中長大。幼小的動物中最軟弱的動物，像半月糕一樣白嫩又美麗的嬰兒。我在她死掉的地方出生，在那裡成長。

跟半月糕一樣白是什麼意思？我一直感到好奇。後來，我七歲做松糕的時候，突然懂了。將雪白的糯米粉揉成團，一個個都揑成半月的造型，還沒蒸過的半月糕，美得彷彿不存在於這世上。然而，實際上看到一團團黏在松葉上的松糕裝在盤子裡時，我覺得很失望。抹上香濃芝麻油的松糕閃爍著油光，顏色和質地也因著蒸鍋的熱度和蒸氣而有所改變，味道當然很棒，但是這跟美得耀眼的糯米糰是完全不一樣的。

那一瞬間，我想媽媽說的半月糕，一定是還沒蒸過的半月糕。嬰兒的臉蛋一定乾淨得像那個樣子。當我想到此時，胸口彷彿被鐵塊重壓一般鬱悶。

去年春天，我並沒有在錄音室裡講這個故事。而是講了兒時所養的那隻狗。在我六歲那年冬天死去的白狗，有一半的珍島犬血統，是隻特別聰明的狗。雖然跟牠留下了一張親暱的黑白合照，但奇怪的是，我連一點牠活著時的記憶都沒有。記憶鮮明的，唯有牠死掉的那個早晨。白色的毛、黑色的眼睛、還很濕潤的鼻子。那天以後我變成了不喜歡狗的人，直到現在都是如此。我再也沒辦法伸出手，撫摸狗的脖子和背。

霧

為什麼在這陌生的城市裡總是想起久遠的記憶呢？

走在街頭時，與我擦肩而過的人所說的話、經過的招牌上所寫的字，我幾乎都無法理解。當我像一座移動的堅固島嶼，穿越行人往前走時，偶爾會覺得自己的肉體就像某種監獄。我好像和人生中的全部記憶，以及無法和那些記憶分離的母語一起被孤立、封印了起來。當孤立變得愈發堅實時，意料之外的記憶也變得越鮮明，沉重得彷彿要壓倒我那般。甚至讓我覺得，去年夏天逃離而至的那地方，其實並非地球另一頭的某個都市，而是我內在的某一處。

此刻，這城市隱沒在清晨的霧中。

天與地之間的界線消失了。從窗戶望出去的四、五公尺遠處，有兩株高聳的美國黑楊，隱約露出墨色的輪廓，除此之外的所有一切全是白的。不對，可以說那是白的嗎？每個寒冷的粒子都含著浸黑的幽暗，在幽明之間無聲起伏的龐大水氣流動，可以說是白的嗎？

我想起很久之前，某個島嶼上像這樣起著濃霧的早晨。我與一同旅遊的一行人在海邊的絕壁路散步。海邊的松樹若隱若現。黑灰色懸崖十分陡峭。旅伴俯瞰著海霧中波動的黑色大海，他們的背影看起來很冷漠，不同於以往。然而，隔天下午我們走在同一條路上時，我才體會到那條路本來的風景有多麼平凡。原以為神祕的沼澤，不過是積了灰塵的水窪。忽隱忽現的松樹彷彿不屬於這世上，整齊種植在鐵絲網的另一邊。大海有如觀光明信片上的照片那般湛藍又美麗。這一切事物都在邊界內屏住氣息。一切都止住呼吸，等待著下一次起霧。

在像這樣起濃霧的清晨，這城市的幽靈都在做些什麼？

是否從屏息等待的霧中無聲地走出來散步呢？

是否藉由那些將聲音漂白的水分子的縫隙，用我無從瞭解的他們的母語來問候彼此呢？或者光是無言的搖頭或點頭呢？

白色都市

我觀看了美國飛機在一九四五年春天拍攝這城市的影片。播放地點是建於城市東側的紀念館二樓影像室。影片上的字幕說：這個都市從一九四四年十月起，六個月內，百分之九十五的區域都遭到摧毀了。這都市是歐洲唯一反抗納粹並揭竿起義的城市，一九四四年的九月，他們整個月都在極力擊退德軍，達成了市民自治。希特勒於是下令，要用盡手段將這都市掃蕩乾淨，以儆效尤。

影片剛開始時，從高處俯瞰的這城市看起來就像是積了雪一般。在一點一點白白的雪或冰上飄散著些許煤煙，斑斑黑點彷彿弄髒了城市。飛機的高度降低後，城市的樣貌逐漸近前。原來那並非積雪，飄散在冰上的也不是煤煙。建築物全都倒塌且殘破不堪。碎成石塊的殘骸發出白光，上頭有被火燒黑的痕跡，那景象在視線所及之處無止境延伸。

那天我搭公車回家的路上，在一座殘留古城的公園下車。我橫越異常寬廣的森林公園，走了好一段路後，看見一棟老舊的醫院建築。那地方原本是一九四四年遭空襲摧毀的醫院，依原貌重建復原後，現在是美術館。鳥兒用雲雀般的高音啼叫，無數蓊鬱的樹木並排站立，我走過那小徑時體會到：這一切全都死過一次。這些樹木、鳥、小路、街道、房子和電車，還有人，這一切都是。

所以，這城市裡沒有七十年以上的事物。舊城區的城牆和華麗的宮殿、位於市區外圍的王族湖邊夏季別墅，全都是假的。都是依循照片、圖畫和地圖，堅持復原出來的新事物。偶爾有某些柱子或牆壁還殘留著下半部，於是就在那旁邊和上方連接新的柱子和新的牆壁。那些劃分舊的下半部和新的上半部的邊界、那些見證了那場破壞的線條，都清楚地顯露出來。

那天我第一次想起那個人。擁有與這城市相同命運的某個人。一度死去或被摧毀的人。在被燻黑的殘骸上，鍥而不捨地讓自己復原的人。以至於現在還是嶄新的那人。那人身上有奇怪的紋路，就像是某片倖存的老舊石牆的下半部，與其上加蓋的清晰新事物相連時，所形成的那種紋路。

黑暗中的某些事物

在黑暗中，有某些事物看起來很白。

微弱的光透進黑暗中時，連不那麼白的東西也發出蒼白的光。

到了晚上，我沒有在熄燈的客廳角落攤開沙發床就寢，而是在那蒼白的光芒中感受時間的流逝。注視著在白色粉牆上搖晃的窗外樹木模樣。反覆思考那個人的臉龐，那個與這城市相似的某個人。等待她的輪廓和表情漸漸變得清晰。

有光的那一側

我讀了一個男人的真實故事，他主張自己一輩子都和六歲時於這城市猶太區過世的親哥哥靈魂一起生活。明明是虛構的故事，但那文章卻用難以斷然否認的真摯語氣寫成。有個孩子的聲音不時造訪他，既沒有形象，也沒有實體。他被比利時家庭收養後，在那裡成長，所以完全不知道這個國家的語言，就連自己曾經有一個兄長的事實也不知道。因此，他以為這一切只不過是自己倒楣，不斷重複做著清醒夢，或是一種錯覺而已。十八歲那年，他才終於得知自己的家族史，為了理解那依然不斷來訪的靈魂，他學習了這個國家的語言。因此才知道年幼的哥哥直到現在仍處於驚嚇中。才知道哥哥反覆大喊的那幾句話，其實是他被軍人逮捕前，在恐懼之下吐出的話語。

那六歲小孩終究被殺害，我不願想像他最後的下場。讀了那故事後，我有好幾天都睡不好。後來某天清晨，內心終於變得平靜時，我心想：母親那出生後活了兩個小時的第一個孩子，若偶爾來訪和我在一起，我肯定也無法察覺到。因為那孩子沒有時間學習語言。雖說她睜開眼望著母親長達一小時，但那時她的視覺神經還沒有作用，想必無法看見母親的臉龐。她想必只聽得見聲音。**不要死。拜託不要死。**聽不懂的那句話，就是她能聽見的唯一的聲音。

所以既無法肯定，也無法否認。那孩子是否曾偶爾來訪？她是否曾短暫停留在我的額頭和眼窩？幼時我感受到的某種感覺或模糊的情感中，是否有不知不覺中從她那裡傳來的？因為有某些片刻，在陰暗的房間中躺臥著時，會瞬間遍體生寒。**不要死。拜託不要死。**朝向無法解讀、充滿愛和痛苦的聲音；朝向光線朦朧有體溫的那側，也許在黑暗中，她也曾像那樣睜眼凝視著我。

奶水

二十三歲的女人獨自躺臥在房裡。在初霜還沒融化的週六早晨，二十六歲的丈夫拿著鏟子去後山埋葬昨天出生的孩子。女人的眼睛因為發腫而睜不太開。全身每處關節和腫脹的手指頭都在刺痛。突然之間，女人的胸口初次熱了起來。女人撐坐起來，不熟練的擠著奶水。一開始流出淡淡的淺黃色乳汁，後來流出白色的乳汁。

那女人

我想像那孩子活下來喝奶。

想像那孩子頑強地呼吸，嘴唇一動一動吸著奶。

想像孩子斷奶後吃粥和飯長大的過程，想像她長成女人後，即使遭遇了數次危機，還是都活了下來。

想像死亡每次都避開那女人，或者那女人每次都背對死亡前行。

不要死。拜託不要死。

因為這句話成為護身符刻印在那女人的身軀中。

於是我想像那女人代替我來到這地方。

來到有種古怪的熟悉感、其死亡和生命與自己相似的這城市。

蠟燭

那樣的一個女子，走在這城市的主要街道上。她觀看立在十字路口上的部分紅磚牆。在復原遭轟炸摧毀的老舊建築物的過程中，那面德軍槍殺市民的牆拆除到一半，被往前挪了一公尺後立在那裡。記載這事件的低矮石碑就豎立在那。前面放有花瓶和數根點亮的白色蠟燭。

有如半透明描圖紙般的薄霧正包覆著這座城市，雖然不如清晨那般濃厚。倘若突然吹來強風將霧驅散，七十年前的廢墟說不定會吃驚地顯露出它的模樣，取代復原後的新建築物。聚集在那女人附近的幽靈，可能正面向自己遇害的那面牆，身軀挺直，用灼熱的眼神盯著。

然而並沒有起風。誰都沒有受到驚嚇而顯露出自己來。流淌而下的蠟油又白又燙。

他們緩緩將身軀投進白色燭芯的火焰中，蠟燭變得越來越短，最終緩緩消失。

現在我會給你白色的東西。

就算會變髒，還是給你白色的，

我只會給你白色的東西。

我再也不會詢問自己，

可不可以將這人生交給你。

第二部　那女人

霜花

沒有完全隔絕空氣的玻璃窗上結了霜花。那在嚴冬中結凍生成的白色紋路，類似江河或溪流表面的薄冰。聽說小說家朴泰遠[1]在長女出生時，就是看著那樣的窗戶為孩子取名的。雪英，雪之花。

那女人曾經看過大海因為太寒冷而結凍的風景。那大海的淺水區原本格外平靜，但現在海灘上的浪花全都結冰而耀眼發光，好似一層層白花在綻放中凍結。她看著那景象走在沙灘上時，看到已然結凍的白鱗魚群散落在其上。那地區的人稱這種日子為「海上結了霜花」。

1 朴泰遠（號仇甫或丘甫，一九一〇～一九八六）是韓國著名越北作家。為一九三〇年代現代文學的代表作家之一，亦是當時活躍的文學團體「九人會」的成員。代表作有：《小說家仇甫的一天》、《河邊風景》等。韓國六二五戰爭後，拋下妻小獨自越北，直到一九五五年都在平壤文學大學任教。後遭北韓政府肅清，時隔四年重回文壇，晚年於北韓創作大河歷史小說《甲午農民戰爭》。另外，其長女朴雪英於一九五一年越北，在平壤機械大學英文系任教。

霜

雖然那女人誕生那天並沒有下雪，而是初次結了霜，但她爸爸還是將「雪」字放入女兒的名字中。由於她在成長過程中比一般人還怕冷，所以也曾埋怨或許是因為自己名字中帶有寒意的緣故。

女人踩踏結霜的土壤時，土地凍了一半的觸感，會穿透運動鞋鞋底傳遞到腳底，她很喜歡那瞬間。沒有任何人踏過的初霜，彷彿細緻的鹽巴。即將開始結霜時，太陽的光芒變得更加蒼白。人們從嘴裡呼出白煙，樹葉掉落而使樹木逐漸變得輕盈。奇妙的是，像石頭或建築物一類堅固的事物，卻顯得更沉重。有股沉默的預感浸透了男人和女人穿著大衣的背影，那是人們要開始承受些什麼的預感。

翅膀

那女人在這城市的外圍看到那隻蝴蝶。十一月的早晨，一隻白蝴蝶合上翅膀躺臥在蘆葦叢旁。夏天過去後就沒再看到蝴蝶，牠之前是在哪裡熬過來的呢？上週起氣溫驟降，不知牠的翅膀反覆結凍又融化了幾次，拭去了原本的白光，有些部位看起來幾乎是透明的，甚至可以隱約映照出地面的黑土。感覺再過一段時間，就連剩下的部分也會完全變得透明。翅膀不再是翅膀，蝴蝶也不再是蝴蝶。

拳頭

那女人在這城市的街道上不斷行走，直到她的小腿長出肌肉。某個母語文句，或某幾個單詞突然湧上來積在舌下：說不定可以書寫與「雪」相關的內容。因為據說這城市一年有一半的時間都在下雪。

直到冬天來臨之前，那女人都在持續注視：商家的玻璃窗還未映照出紛飛大雪；行人的髮絲還未被雪覆蓋；掠過那陌生的額頭和眼窩之間的斜光，還未化為雪花；自己那雙拳頭握得越緊，就越冰冷。

雪

鵝毛雪落在黑色大衣的袖子上時，用肉眼就可以看見特別大片的雪花結晶。還不到一、兩秒的時間，神祕的正六角形結構就一點點融化消失了。那女人想像著人們默默注視這景象的短暫時間：

一旦下起雪，人們便暫時停下手邊的工作看著雪花。坐在公車裡的人則抬起臉龐，凝視著窗外好一陣子。當綿綿細雪無聲且不帶悲喜地消散時，當數千數萬片雪花在頃刻之間沉默地掩蓋街道時，有些人轉過頭不再注視。

雪花

很久之前的某天深夜，那女人看到一個陌生男子橫躺在電線桿下。他昏倒了嗎？還是醉倒了？應該要叫救護車嗎？在女人保持警戒無法移開視線的同時，男子半撐坐起，楞楞地抬頭看著她。女人嚇得往後退。雖然他看起來不像流氓，但深夜的巷子寂靜且杳無人跡，令人害怕。那女人背對他小碎步快走了一陣後，突然回過頭。那人依然撐著傾斜的身體，癱坐在寒冷的步道上，定睛注視著巷子對面骯髒灰壁的四周。

❖ ❖ ❖

那人跌得一塌糊塗，用凍僵的手撐地起身，體會到自己至今的人生都已浪費時，體會到自己並不想回到他媽的孤獨得可怕的家時，

心想「這是什麼？這到底是什麼？」時，
下起又髒又白的雪。

❖　❖　❖

稀疏的雪花紛飛。
飄散在街燈無法觸及的黑夜中。
落在無語的黑色樹枝上。
擦過低頭走路的行人頭上。

萬年雪

那女人曾想過總有一天要住在能看到萬年雪的房間。從春天到夏天，從秋天到冬天，站立在窗邊的樹不斷換裝時，遙遠的山上總是會結著冰，就如同女人小時候發燒時，大人輪流用冰冷的手撫摸她的額頭。

那女人看了一部一九八〇年於此地拍攝製作的黑白電影。男主角在七歲時失去父親，自小在性格安靜的母親膝下成長。（時年二十九歲的年輕父親，在和同事一起登喜馬拉雅山的途中罹難，遺體也沒能找回。）成年後離開母親的他，始終恪守近乎潔癖的道德生活。這是因為每遇抉擇的瞬間，喜馬拉雅雪山下雪時震撼的風景，不知為何都會遮蔽了他的雙眼。每當那時，他都會比別人更輕易做出困難的決定，然後不斷承受那結果帶來的痛苦。在腐敗盛行的時代氛圍中，只有他因為不接受賄賂而遭到同事排擠，後來甚至被處以私刑。他終究掉入陷阱，被逐出職場。當他回到獨自一人的房間陷入沉思時，遙遠的雪山溪谷和山峰占滿了他的視野。那是他去不了的地方，是掩埋父親結凍的身軀、不許人踏入的冰凍之地。

波浪

水面從遠處掀起。冬天的大海從那裡逐漸靠近，洶湧地逼上前來。在浪打得最高的瞬間，碎成白白浪花。碎浪衝上沙灘後又往後消退。

女人站在陸地和海水相遇的交界處，定睛注視波浪彷彿會反覆到永遠的漲退（然而，實際上這並非永恆——因為這地球和太陽系總有一天會消失），那時她清楚探得一個事實：人生不過彈指間。

波浪碎掉的每個瞬間都白得耀眼。遠海平靜的水流好似無數魚群的鱗片。那裡有數千萬個閃爍光點、有數千萬個波動（但沒什麼是永恆的）。

霙

生活並沒有對任何人特別友善。當我走在路上體會到這事實時，下起了似雨似雪的霙。霙軟綿綿地浸濕額頭、眉毛和臉頰，拂過一切事物。我邊行走邊回想這事實時，我邊行走邊體會到盡全力緊握的一切終究會消失時，下起了似雨似雪的霙。既不是雨，也不是雪；既不是冰，也不是水。無論闔眼或張眼，無論停下腳步或加快步伐，霙依然浸濕眉毛，依然柔軟地浸濕額頭。

白狗

不會叫的狗是什麼？[2]

那女人在小時候初次聽到這個謎語。現在已經想不起來是什麼時候，從誰那裡聽來的。

女人在二十五歲的夏天辭掉第一個工作返鄉時，看見鄰居院子裡的白狗。之前住在那院子的是一隻凶猛的土佐鬥犬。那傢伙狂吠時，總是全力向前衝，把繩子拉得筆直，彷彿只要解開或弄斷綁住脖子的繩子，牠就會立刻撲上前咬人。那女人被牠的殺氣嚇到，即使知道狗已經被綁住，從那扇大門前面經過時，還是盡可能避得遠遠的。

2 此為韓國通俗的謎語，最普遍的答案為「彩虹」，因其中一字與韓文的「狗」相同。

如今，一隻混有一點珍島犬血統的雜種狗，取代那隻土佐鬥犬綁在那裡。牠的白毛沒有光澤，身上多處脫毛，一塊塊如銅板般大，在脫毛處露出了淡粉色的皮膚。那隻狗既不會吠，也不會叫。牠初次與那女人對視時嚇了一跳，邊在水泥地上拖曳著綁住自己脖子的鐵鍊，邊往後退。當時正值烈日炎炎的八月。不曉得是不是因為天氣炎熱，村裡的路上杳無人跡。每當那隻狗受到驚嚇往後退時，鐵鍊的聲音都會打破寂靜。狗睜著黑色雙眼無聲地仰視那女人。女人每移動一步牠就更顯畏懼，將原本壓低的身體壓得更低，在牠往後退的同時，鐵鍊滑過地面發出聲響。牠一刻都沒將視線移開那女人的臉龐。「恐怖」，女人看出牠的雙眼正如此訴說。

傍晚，她向母親詢問那隻狗時，母親回答：「不管誰過來牠都不叫，光是像那樣發抖，所以主人考慮要再把牠賣掉。」「就算小偷來了，牠也是那副模樣。」

那隻狗依然很怕那女人。即使過了一週，到了應該要變熟悉的最後一天，牠看到女人時，還是壓低身體往後退。牠彷彿被踹或被勒緊脖子那般，自己扭過側腹部和脖子。雖然看起來很像在喘氣，卻連喘氣聲都聽不到。只能聽見鐵鍊拖曳過水泥地的低音。即便是看到這幾個月來已然熟悉的母親面孔，牠還是嚇得往後退。「乖，乖啦！」母親低聲安撫，稍稍越過那女人走向前去。母親咂著嘴低語：「……看來是長期遭受虐待。」

不會叫的狗是什麼？這個謎語無趣的解答是：霧。[3]所以對那女人而言，那隻狗的名字就成了「霧」。很白且巨大，不會叫的狗，相似於遙遠記憶中，那隻印象模糊的白狗。那年冬天女人再次返鄉時，霧已經不在了。一隻小型的褐色鬥牛犬被綁在同一條鐵鍊上，對著女人凶猛地吠叫。

那隻狗後來怎麼了？

母親搖了搖頭。

「主人想賣卻不忍心賣，就那樣過了夏天。聽說氣候突然變冷，開始結霜時，牠就死了。連一次都沒叫，就趴在那……大概過了三天還是四天，什麼都沒吃，就那樣餓死了。」

3 韓文「霧」有一字與「狗」相同，故「霧」也作為此謎語的答案。

暴風雪

那是在幾年前發布大雪警報的時候。女人獨自走在颳暴風雪的首爾山坡路上。雖然撐了雨傘，卻毫無用處，甚至連眼睛都快睜不開。雪花朝向臉和身體猛烈襲來，女人持續逆著暴風雪行走。她無以得知，與自己作對的這冰冷物質，到底是什麼？這個柔軟、瞬間就消散，同時美得令人窒息的物質，到底是什麼？

骨灰

那年冬天，女人和弟弟一起搭了六個小時的車前往南邊大海。他們將裝有母親骨灰的骨灰盒安奉在靈骨塔，將母親的魂安奉在能看見廣闊大海的小廟中。僧人說，每天清晨都會呼喚母親的名字為她誦經。在佛誕日，也會製作靈駕燈[4]為母親點亮。母親的骨灰將會在那光與聲音的近處，於石製的抽屜中享有不變的寧靜。

4　掛於佛寺中的白色燈。為亡者而點，意在願亡者「往生極樂」。韓國佛教以「靈駕」指稱亡者的靈魂。

鹽

某天，那女人仔細端詳一把粗鹽。影子朦朧的曲折粒子美得沁涼。她切實地感受到，這物質中含有不讓東西腐爛的力量，含有能消毒並治癒的力量。

之前女人曾用有傷口的手抓起鹽巴。若說料理過程中因時間緊迫而切到指尖是第一個失誤，那麼，沒有包紮傷口就用那手去抓鹽巴，就是第二個更糟糕的失誤。那時她按字面的意思，領略到「在傷口上灑鹽」是什麼感覺。

在那不久後，女人看到了裝置作品的照片。照片裡呈現出把鹽巴堆成山後，讓觀光客將赤腳擱在上面的模樣。在那空間裡，人們坐在備好的椅子上脫掉鞋襪，然後盡可能坐著將雙腳擱在鹽山上。照片中的展示廳很昏暗，光線只落在比人高一點的鹽山山頂。觀光客的臉因為背光而看不清，他們都坐在椅子上，正將赤裸的雙腳擱放在鹽山山坡。

不曉得這狀態維持多久，白色的鹽山和女人的身軀自然而然、奇特且疼痛地連結起來，看起來就像是同一個。

女人仔細注視著照片，心想：「若想像他們那樣，腳就不能有傷口吧？」雙腳要癒合得很完美，才能擱放在那，擱放在那鹽山上。無論發出多強的白光，影子還是顯得很陰涼。

月亮

月亮躲入雲朵後方的瞬間，雲朵突然發出白冷的光芒。與烏雲相混時，巧妙地塑造出昏暗且美麗的紋路。時而呈圓形、時而呈半圓形，時而更為細長、纖長如細絲的蒼白月亮，躲在帶有深灰色、淺紫色或淡青色光芒的紋路後方。

每每看到滿月時，那女人都會看到人的臉龐。自小無論大人再怎麼說明，她都無法分辨哪個是兩隻兔子，哪個又是石臼。她只看到好似在沉思的雙眼和鼻子的陰影。

在格外巨大的月亮升起的夜晚，若不用窗簾遮擋，月光就會滲入公寓的每個角落。那女人來回踱步，走在沉思的巨大白色臉龐透出的光中，走在巨大的漆黑雙眸滲出的黑暗中。

蕾絲窗簾

那女人走在結冰的路面上時，抬頭看向某棟建築物的二樓。鏤空的蕾絲窗簾擋住了視野。不知是否因為有某個不會變髒的白色事物在我們內在翻滾蕩漾，所以每每面對那種整潔的事物時，內心才會覺得感動？

有時會覺得，剛洗過後晒乾的枕套和被套彷彿在訴說什麼。當女人的肌膚碰觸到純棉的白布時，它彷彿正在傳遞些什麼話：「你是寶貴的人，你的睡眠很潔淨，你活著並非羞恥的事。」每當肌膚在睡眠和現實之間，觸碰到沙沙作響的純棉床單時，那女人都會像這樣得到奇怪的安慰。

白煙

我在某個變冷的早晨，初次從口中呼出白煙，這是我們活著的證據，是我們身體很溫暖的證據。寒冷的空氣湧入漆黑的肺中，經體溫加熱後，呼出白色的氣體。我們的生命奇蹟似的以朦朧卻又清晰的形象，在空中散開。

白鳥

白色的海鷗聚集在冬天海邊的沙灘上。大約有二十隻嗎？鳥兒面向慢慢西下的太陽，呈水平線站著。彷彿舉辦什麼沉默的儀式那般，動也不動的在零下二十度寒冷的天氣中觀賞日落。那女人也停下腳步，看向牠們望著的、變紅之前的蒼白光源。雖然冷到彷彿骨髓都快凍結，但女人知道自己的身軀之所以沒有如此，正是拜那道光的熱氣所賜。

❖　❖　❖

夏天時，那女人在首爾溪邊漫步的途中看見了白鶴。牠全身都是白的，只有腳是鮮豔的紅色。白鶴躍上光滑且寬闊的岩石，正在晾乾牠的雙腳。牠知道那女人正在看牠嗎？應該知道。想必牠也知道那女人不會傷害自己，所以才會那樣漫不經心地望著對岸的河畔，在陽光下晾乾那雙紅腳。

❖　❖　❖

那女人無以得知，為何白鳥帶給她的感動不同於其他顏色的鳥。為什麼會覺得白鳥特別美麗、有氣質，有時甚至覺得牠們很神聖呢？女人偶爾會夢到白鳥飛走。在夢裡，白鳥非常靠近，近到彷彿能伸手抓住。牠們無聲地飛翔，羽毛在陽光下發亮。無論飛得多遠，都不會從視野中消失。牠們大大展開耀眼的雙翅，持續在空中滑翔，永不消失。

❖　❖　❖

在這城市裡，白鳥曾短暫棲息在那女人的頭上後再度飛走。她該如何看待這件事？當時女人因某事而陷入擔憂，正沿著公園和河堤踩著沉重的步伐走回家。瞬間，某個龐然大物輕輕地棲在女人的頭頂。牠的雙翅朝兩側下方拍打，圍住女人的臉龐，幾乎要碰到臉頰，然後又好像什麼事也沒發生一樣，啪啦一聲往上飛，停在近處的建築物屋頂上。

手帕

夏末午後，那女人走在靜僻住宅區的建築物下。她看到某個女子在三樓陽臺底端晒衣服時，失手弄掉了一部分的衣物。其中有一條手帕以最緩慢的速度，在最後落下。彷彿折起半邊翅膀的鳥，彷彿躊躇地察看降落地點的魂魄。

銀河水

冬天來臨以後，這城市幾乎每天都是陰天，所以那女人再也無法看見夜空中的星星。氣溫不時下探零下，這天下雨，隔天又下雪，天氣反覆無常。那女人因為低氣壓經常鬧頭痛。鳥群都飛得非常低。太陽下午三點後下山，四點時周遭已經一片漆黑。

那女人邊走邊抬頭仰望下午的天空，黑壓壓的好似祖國的午夜，使她想起星雲。在鄉下老家的夜晚，一同傾瀉而下映入眼簾的數千顆星星，好似一粒粒鹽巴。那些星星寒冷又潔淨，在一瞬間洗淨雙眼，讓她忘卻一切。

笑得很白

笑得很白，（或許）只有那女人的母語裡，有這種描述。這是種隱約且淒涼的微笑，笑起來時輕易就破壞了那份白淨。或者說，是有這樣一種笑聲的。

你笑得很白。
若人們這樣形容，就代表你是某種靜靜忍耐，費力想笑出來的人。

他笑得很白。
若人們這樣形容，就代表他（或許）是某種費力想跟自己內在的某部分訣別的人。

玉蘭花

有兩名大學同學，差不多死於同個時期，得年二十五、二十四。他們分別死於公車翻車事故及軍隊事故。隔年早春，同學年畢業的校友募款籌齊基金，種了兩株玉蘭花的樹苗在山坡上。從以前上文學課的教室向下俯瞰，就能看見那座山坡。

多年以後，那女人經過那兩株「誕生─再生─復活」的花樹時陷入沉思。當時我們為何偏偏選了玉蘭花？是因為白花和生命有所連結嗎？還是因為和死亡產生連結？女人曾經讀到，在印歐語系中，空白 blank、白光 blanc、黑色 black 和火花 flame 都具有相同的詞源。擁抱黑暗燃燒、空白的白色火花，為何種了那兩株只在三月短暫盛開的玉蘭呢？

糖衣錠

那女人並不自憐，卻好似對他人的生活感興趣，偶爾會對一些事感到好奇。從小到大那女人總共吃了多少顆藥丸？生病的期間加總起來有多長？好像人生不願讓她前進一般，那女人反覆不斷地生病。阻擋女人走向光明那端的力量，彷彿就在她的體內伺機而動。每次生病時，女人猶豫不決而迷失的期間，加總起來有多長？

方糖

大概是十歲的時候吧。那女人跟著小姑母初次去咖啡廳時，在那裡第一次看到方糖。堆在白色紙張上的正六面體構造，完美得近乎端正，對女人而言，就像是什麼美得過分的事物。女人小心翼翼地撥開紙張，輕撫過白方糖的表層。她進行了一場探險：稍微弄碎方糖的一角後，將舌頭靠上去，舔了一小口極其甜膩的表層，最後把方糖放入水杯中，觀察糖融化的過程。

雖然女人現在不再特別喜歡吃甜食，但偶爾看到堆滿方糖的碟子時，仍會覺得好像撞見了某種寶貴的事物。有些記憶不會因時間的流逝而毀損，痛苦也是一樣。時間會影響並破壞所有一切的這句話，並非事實。

火光

那女人正在一個冬天特別冷峻的城市裡，度過十一月的夜晚。窗外不見月亮，一片昏暗。位於公寓後方的矮小工廠不知是否出於安全考量，十多盞電燈徹夜都亮著。在一片漆黑的黑暗中，那女人注視著電燈營造出來的，零星且孤伶伶的光點。來到這地方後，不對，其實是在來這裡之前，女人就一直無法熟睡。即使現在稍微闔眼後再起來，窗外鐵定還是像此刻一般漆黑。若僥倖能睡久一點再醒來，那麼一定會看到清晨的微光緩緩亮起，從黑暗的內緣開始，漸漸滲透天空。即使如此，那些燈光依然會在清晰的寂靜和孤伶伶中凝結成白光。

數千個銀色的點

在那樣的夜晚，有時會毫無理由地想起那片大海。

船的體積太小，在小小的海浪中也劇烈搖晃。那女人當時九歲，在船上害怕得縮起肩膀，將頭和胸口壓到不能再低，幾乎要匍匐在地。瞬間突然有數千個銀色的點從遠海湧來，經過船底。女人當下忘記畏懼，愣愣望著那一大群閃閃發光的物體，猛烈晃動身軀奔往的方向。

「……鯷魚游過去了。」

叔叔漫不經心地跨坐在船尾笑著說。他捲曲的頭髮總是蓬亂地遮住黝黑的臉龐。兩年後，他以不過四十的年紀死於酒精中毒。

閃閃發光

人們為何會將銀、金、鑽石等閃閃發光的礦物視為貴重之物呢？根據某個說法，這是因為「閃閃發光的水」對古人來說意味著生命。乾淨的水會發光。唯有賜與生命的飲用水，才是透明的。一群迷失在沙漠、森林、骯髒沼澤地的人，從遠處發現白光閃閃的水面時，一定感受到強烈的喜悅、感受到生命、感受到美麗。

白石

很久之前，那女人在海邊撿了白色的鵝卵石。她拍掉上面的沙子放進褲子的口袋，回到家後把石頭收入抽屜中。那石頭被海浪磨得又圓又光滑。雖然女人覺得石頭白到可以透視，但事實上並沒有透明到可以看見裡面。（其實那只是一顆平凡的白色石頭。）女人偶爾會把石頭拿出來放在手掌心。若能將沉默凝結成最小的堅硬物品，想必就是這種觸感。

白骨

那女人曾經因為疼痛照了全身X光。一副朦朧的骸骨站立在彷彿青灰色大海的X光片中。她驚覺到人的體內正由具備石頭特性的堅固物體支撐著。

在更久以前，剛邁入青春期時，那女人著迷於骨頭各式各樣的名稱。踝骨和膝蓋骨，鎖骨和肋骨，胸骨和肩胛骨。對於人並非單由脂肪和肌肉組成的事實，她莫名感到慶幸。

沙子

那女人經常忘記，

忘記自己的身體（我們所有人的身體）是沙子的家。

忘記它一旦粉碎，就會持續坍塌。

忘記它正不斷從指間流失。

白髮

女人還記得職場上那位年屆中年的上司，曾說當自己的頭髮白得像鳥的羽毛時，想跟以前的愛人見面。**老到……頭髮全白，連一根黑髮都不剩時，真的很想見上一面。**

若能再見到愛人，一定要在那時。

青春和肉體都已不在。

沒有餘力再去熱切渴望之時。

見面後，只剩下一件事：讓肉體的消逝成為一場完美的訣別。

雲

那年夏天，我們在雲住寺前的草坪上看見雲朵飄過。當時我們正蹲坐著，注視平坦的岩石表面上以陰刻技法雕出來的佛像。偌大的白雲和雲朵的黑影，在天空及地面平行快速飄過。

白熾燈

現在那女人的書桌清得很乾淨。白熾燈在置於書桌左側的白色燈罩裡發光又發熱。

非常寧靜。

從沒拉下百葉窗的窗戶外，可以看見午夜後奔馳在冷清道路上汽車的大燈。

女人就像沒承受過任何痛苦的人那般坐在書桌前。

彷彿她剛剛沒哭過，彷彿她沒有快要哭出來。

彷彿她不曾被摧毀。

「我們無法擁有永恆」，唯有這事實能帶來安慰的那時候，彷彿也不存在。

白夜

那女人來到這裡後，聽聞了「白夜」這個單詞。聽說在挪威最北邊一個有人居住的島嶼，夏天二十四小時太陽都高掛空中，冬天二十四小時都是夜晚。女人仔細思索在那種極端中度過的日常生活。此時那女人在這城市裡度過的時間，是白色的夜晚，還是黑色的白晝？舊的痛苦尚未完全癒合，新的痛苦尚未完全裂開。無法化為完全的光或完全的黑暗的一天天，隱約浮現在過去的記憶中。唯有未來的記憶無法回味。無形的光芒此刻在那女人面前晃動，好似某種氣體，其中充滿女人不瞭解的元素。

發光的島

那女人站上舞臺的瞬間，強烈的照明從天花板打下，照亮了她。與此同時，舞臺以外的所有空間都變成黑色的大海。對於觀眾席有人入座的這事實，她覺得很不真實。女人陷入混亂：她是要摸索著往下走入那海底般的黑暗中，還是要在這發光的島嶼上再多堅持一會。

薄紙張的白色反面

每次恢復時，那女人都對人生感到心灰意冷。說那是埋怨，顯得太軟弱；說那是怨恨，又有點太嚴厲。那心情就像是：每個夜晚為那女人蓋被、親吻額頭的人，再次將她趕出寒冷的家門外，讓她再度刻骨銘心地體會那冷漠的內心。

那時每當女人看向鏡子，都會覺得鏡中自身的臉龐非常陌生。因為她沒有忘記，如同薄紙張的白色反面那般的死亡，正在這張臉蛋背後若隱若現。如同無法不計前嫌再次去愛曾經拋棄自己的人那般，每當那時，女人都需經歷漫長又複雜的過程，才能再次去愛人生。

因為你總有一天會拋棄我，
在我最脆弱，最需要幫助的時候，
轉身冷漠背對，無可挽回。
因為我清楚瞭解這點，
因此我無法再回到對此一無所知的狀態。

飛舞

日落前，降下了飽含水氣的雪。雪一落到走道上就融化，如雷陣雨般很快就會過去。黑灰色的舊城區瞬間刷成一片雪白。行人走入突然變得非現實的空間中，在那裡添上自己陳舊的時間。那女人也不停繼續往前走，無聲穿越正在消失的美。

致寧靜

當那女人要離開這裡的日子逐漸逼近，
想必她會有話想對這個家昏暗的寧靜訴說，那再不許有的寧靜。
彷彿沒有盡頭的夜晚過去，將深藍色的曙光送往東北邊沒有窗簾的窗戶時；
襯托著藏青色天空的美國黑楊，緩緩地顯現出俐落的樹幹輪廓時，
想必她在那個還沒有任何房客離開家的時分，會有話想對週日清晨的寧靜訴說。

請再多停留一會，
我還沒被完全洗淨。

邊界

那女人在這故事中成長。

她出生時早產三個月。二十三歲的母親還來不及做任何準備，就開始陣痛。那天突然結起初霜。家裡只有母親一人。剛出生的她僅用細微的聲音哭了一陣，很快又安靜下來。母親為那沾滿血的小小身軀穿上嬰兒服，小心翼翼地避開她的臉，用棉被將她包裹起來。嬰兒一含住乳頭，便本能地以極其微弱的力氣吸吮，但很快又停了下來。躺臥在頸窩的嬰兒不再哭泣，也不再睜開眼睛。母親產生不祥的預感，稍微一晃動被子，嬰兒就會睜開雙眼，但眼神瞬間又變得迷濛，再次闔上。後來即使搖晃，嬰兒也不再有反應。在破曉以前，奶水終於初次從母親的胸膛流淌而出，當母親讓嬰兒的嘴唇含上乳頭時，她竟然還有呼吸。嬰兒在無意識的狀態下，含著乳頭一點一點吞下奶水，漸漸吞下更多奶水。嬰兒依然闔著眼，不曉得自己正越過什麼樣的邊界。

蘆葦叢

那女人走入夜晚被雪覆蓋的蘆葦叢裡。視線掃過一根根雪白又纖細的蘆葦，它們正承受著雪的重量，略微傾斜而彎曲。有一對野鴨居住在蘆葦叢圍繞的小沼澤裡。薄冰與尚未結冰的灰藍色水面在沼澤相遇，牠們正並排在那低頭喝水。

在那裡轉過身之前，女人自問：

「我還想再前進嗎？

那麼做值得嗎？」

「不。」她曾經顫抖著回答自己。

此刻，那女人保留任何可能的答案，繼續前進。離開在淒涼與美麗之間，半結凍的沼澤。

白蝴蝶

假如人生並非直線延伸出去，那麼女人可能會在不自覺間，發現拐過彎曲角落的自己。突然回過頭看時，女人說不定會體會到：過去自己所經歷的任何事物，已經走進無法盡入眼簾的嶄新局面中。說不定柔軟卻又強韌的淡綠色春草，正代替雪或霜覆蓋那條路。突然飄動飛舞的白蝴蝶奪走那女人的目光，蝴蝶振翅的模樣彷彿顫抖且煩憂的靈魂，女人說不定會跟著拍打的翅膀再多往前走幾步。說不定女人那時才會體會到：周遭所有樹木都如同為某個東西著迷般，正在恢復生氣，正散發著窒息的陌生香氣；為了變得更茂盛，正朝向空中、明亮的那側燃燒。

靈魂

那女人一直認為，倘若靈魂存在，那麼它不可見的動向，肯定相似於那隻蝴蝶。那麼這城市的靈魂，有時是否飛向自己遭槍殺的那面牆，在那裡無聲地振翅，徘徊停留呢？然而，那女人知道這城市的人之所以在牆前面點蠟燭、獻花，並非只為了那些靈魂。他們相信被殺戮的人並不只是數字，所以想盡可能長久延續這份哀悼。

那女人想到在她遠離的故鄉發生的事件，想到亡者無法得到充分哀悼的事實。她思索那些靈魂也像這樣在路中間受到緬懷的可能性，然後體會到自己的祖國就連一次都不曾好好的這麼做。

女人還體會到比這微小的事，瞭解到在重建自己的過程中，她漏掉了什麼。當然，那女人的身軀還沒死，靈魂也還嵌在肉體內。她的靈魂還在類似於磚牆、不再年輕的肉體內。磚牆雖沒有在轟炸中完全毀損，其中一部分被移至新建物前，卻已是洗淨血跡的殘骸。

她模仿不曾被摧毀之人的步伐，一路走到這裡。在沒有修補好的位置上，都蓋上了一層乾淨的篷布，省略了道別與哀悼。她相信那不曾被摧毀，相信那不會再被摧毀。

因此，對那女人而言還剩下幾件事：

不再說謊。

（張開眼睛）收起篷布。

為所有該紀念的死亡及靈魂——包含屬於她自己的那部分——點亮蠟燭。

米和飯

那女人為了買晚餐要吃的米和水不斷走著。在這城市裡要買到黏性好的米很不容易。只有大超市才會販售小塑膠袋裝五百克的西班牙米。女人買下那個後回家，一路上放在包包裡的白米都非常安靜。碗裡裝著剛炊好的飯，白煙升騰，那女人祈禱似的在飯碗面前坐下時，無法否認那瞬間她感受到的某種情感。要否認那情感是不可能的。

第三部　所有白

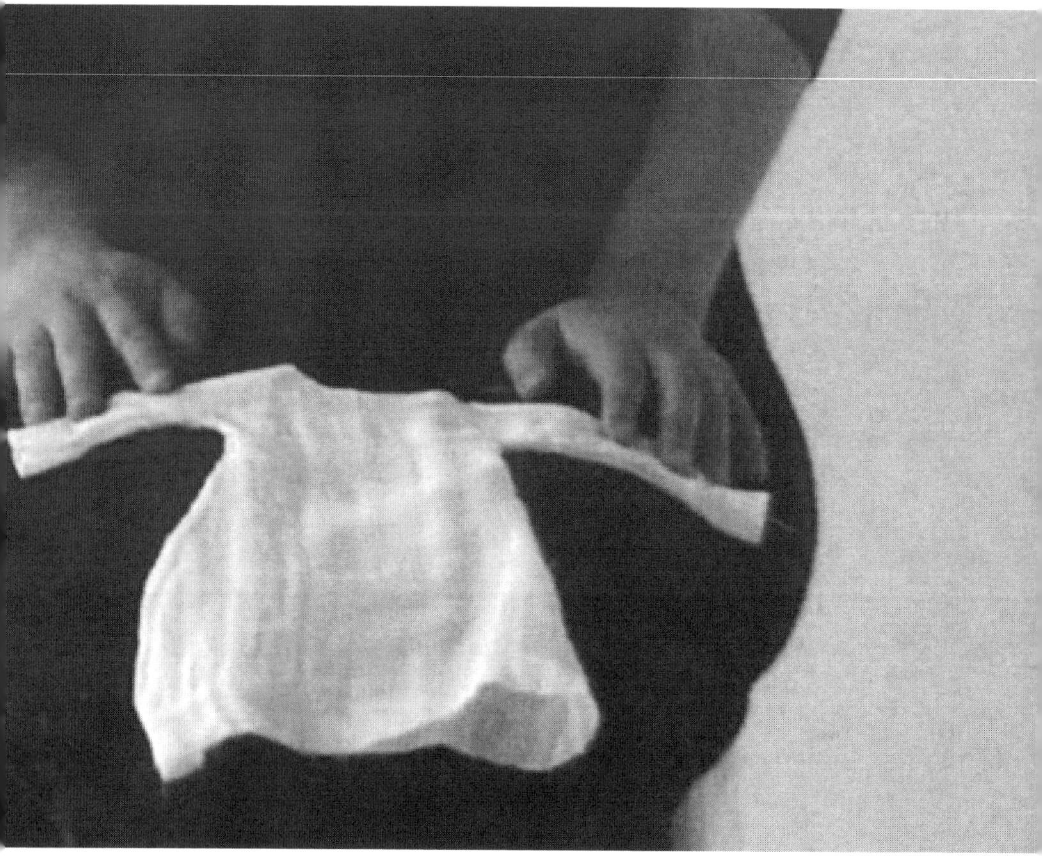

失去第一個女兒的隔年，母親早產生下第二胎男嬰。比第一個孩子更早產下的男嬰，眼睛都沒睜開就斷氣了。倘若那些生命平安度過難關活下來，那麼三年後我就不會誕生，我之後再過四年，弟弟也不會誕生。母親也不會直到臨終之前都不斷將那破碎的記憶拿出來撫摸。

因此，若你還活著，現在我就不會活著。

現在我若活著，你就不該存在。

我們僅能勉強在黑暗與光芒之間、在青色的縫隙間相對而視。

你的眼睛

透過你的眼睛觀看時，看起來不一樣；透過你的身軀行走時，走起來不一樣。我想讓你看見潔淨的事物。比起殘酷、悲傷、絕望、骯髒、痛苦，只想首先讓你看見潔淨的事物，卻事與願違。我經常像在漆黑的鏡子深處尋找形象那般，端詳你的眼眸。

「如果那時不是住在偏僻的房子，而是住在城市裡……」母親經常對成長中的我這麼說。「如果能上救護車前往醫院……」，「如果把那像半月糕一樣的嬰兒放入當時剛引進的保溫箱裡……」

若你沒有就那樣斷氣，若你代替沒有出生的我一直活到現在，若你以自己的眼睛、自己的身軀背對漆黑的鏡子，堅定往前邁進……。

壽衣

「後來那個嬰兒怎麼處理了？」

我二十歲左右的某個夜晚，初次詢問父親時，還不到五十歲的他沉默一會後回答了。

「用白色的布包裹好幾層後，拿到山裡埋起來了。」

「自己一個人去？」

「對啊，一個人。」

嬰兒服成了壽衣，襁褓成了棺材。

父親進房休息後，我本來想喝水，卻又作罷，伸展蜷縮得僵硬的肩膀，按著心門深吸了一口氣。

姊姊

年幼時我曾經想過，如果我有個姊姊會是如何。一個比我整整高了一掌的姊姊。姊姊把稍微起毛球的毛衣和有一點點破損的漆皮皮鞋留給我。

媽媽生病時，披上大衣去藥局的姊姊。「噓，要靜悄悄地走。」姊姊將食指抵在唇上輕聲責備我。

「這個很簡單，你試著想得簡單一點。」姊姊在我數學試題集的空白處寫下方程式。我想算得快點而緊皺眉頭。

有刺插進我的腳底時，要我坐下來的姊姊。她拿檯燈照亮腳的邊緣，用瓦斯爐的爐火將針燒過消毒後，小心翼翼地用針把刺挑出來。

姊姊靠近蜷縮在黑暗中的我。「別這樣，就說是你誤會了。」她尷尬地抱了我一下。

「拜託你站起來，先吃飯吧！」冰冷的手拂過我臉龐，她的肩膀快速從我的肩膀逃離。

像是寫在白紙上的幾句話

我的黑色皮鞋印輕柔地印在清晨剛覆蓋於走道的白雪上。
像是寫在白紙上的幾句話。
離開時還是夏天的首爾，現在都結冰了。
回頭一看，皮鞋印再次被雪覆蓋。
正逐漸變白。

白衣

即將舉辦婚禮的他們，必須送衣服給雙方的父母。送絲綢韓服給生者，送棉布白衣給亡者。

弟弟來電詢問我是否會一起過去。「我一直在等姊姊過來。」

我把弟弟的新娘準備的白棉布衣裙放在石頭上，就在供奉母親的廟宇下方的草叢。那間廟每天早晨誦經後都會呼喚母親的名字。我用弟弟遞過來的打火機在袖口上點火後，立刻就升起青色的煙。人們說白衣像這樣滲入空中時，靈魂就會穿上那衣服。我們真的相信這點嗎？

煙霧

我們緊閉雙唇持續注視著。煙霧如同腫大的黑灰色翅膀，逐漸滲入空中，逐漸消失。我看見火勢瞬間從上衣延燒到裙子。棉布裙的最後一段下襬也被捲入火焰中時，我想起你。倘若能行，希望你現在過來。希望你能如同披上羽衣那般，披上那件用煙霧做的衣裳。我們的沉默代替言語滲入那煙霧之中，所以希望你如同喝下苦藥、喝下苦茶那般將其飲下。

沉默

漫長的一天結束時，需要沉默的時間，好朝著沉默的微暖熱氣伸展僵硬的雙手，就如同在暖爐前不自覺地那麼做一般。

下排牙齒

「姊姊」的發音與小孩子的「下排牙齒」這個字相似。我的孩子軟嫩的牙齦上長出兩顆嫩葉般的小牙齒。

如今我的孩子已經長大，不再是小孩子了。在那孩子十三歲時，我將棉被往上拉到他的脖子，為他蓋上，短暫傾聽他平穩的呼吸聲後，回到空蕩蕩的書桌前。

告別

不要死。拜託不要死。

還聽不懂話的你睜開黑色的雙眸，聽我張嘴喃喃自語。我用力寫在白紙上，相信唯有這才是最好的告別話語。不要死。**活下去**。

所有白

藉著你的雙眸，會在白菜心最明亮的深處，看見最珍藏的嫩葉。

會看見在白天升起的寒冷弦月。

總有一天會看見冰河，會仰望那冰塊——它在每個彎曲的稜角，形成偌大的青色影子，因為從來就沒有生命，感覺反而更像神聖的生命。

會在樺樹林的沉默中看見你。會在冬天太陽升起的寂靜窗中看見你。會在光線射進傾斜的天花板，灰塵隨之晃動、散發光芒之處看見你。你會在那白色當中、在所有的白當中，深吸最後一口氣。

【作者的話】

二〇一六年四月份，編輯詢問我是否會在本書的最後撰寫「作者的話」時，我回答說不會那麼做。還記得當時我笑著說：「這整本書就是作者的話。」如今過了兩年，準備出版修訂版時，我才產生了想靜靜地寫些什麼話、應該可以寫些什麼話的念頭。

二〇一三年的夏天，我第一次見到波蘭譯者尤絲特娜・那伊巴（Justyna Najbar）。她留著一頭少女的短髮、身穿黑白色系的長裙，眼神深邃，看起來有點悲傷。當時她正在翻譯我的小說，我們針對書中的文句討論了幾個困難的問題後，尤絲特娜以真摯的表情問我：「我明年如果邀請你來華沙，你會過來嗎？」我沒有多想，很快就接受她的邀請。那時我剛完成《少年來了》的初稿，所以等那本書順利出版後，短暫地出國休息似乎滿不錯的。

在我遺忘那次短暫見面的同時，時間不知不覺流逝，來到了隔年。《少年來了》終於在五月份出版，我為了出國赴約申請了休假。初夏起我開始整理行李、做各樣的準備，周遭的人問我：「你說想要休息，為什麼偏偏要跑去又冷又暗的地方？」我無法清楚地向他們說明：那時呼召我的唯有那都市，就算那裡是北極或南極，我也會過去。

於是我和當時滿十四歲的孩子，終於在八月底各拖著一個移民用的行李箱，背著沉重的行囊搭上飛機。因為是我和孩子生平初次規劃的兩人旅行，所以非常茫然，好似突然鑽進了看不見也摸不著的巨大癥結中。

第一個月忙得不可開交。我們租下了一間位於五樓的公寓，在那兒可以看見兩株美國黑楊發光的樹梢。我為孩子註冊為期一學期的國際學校、拍攝證件照、辦理交通卡、開通手機號碼。然後每天去附近的購物中心，購買為減少行李體積而無法打包來的鍋子、平底鍋、砧板、棉被、毛毯等日常用品，再用行李箱搬運過來。我每天早上熨燙孩子的白色學校襯衫，準備飯菜後打包點心盒，然後從窗戶望著孩子微微低著頭，背著書包和體育服包包，沿著河邊道路走去學校的背影，直到看不見為止。一到週五我就和尤絲特娜見面，跟她學基礎波蘭語，並教她韓語作為報答。因為她要在華沙大學教授韓國宗教，我選擇了元曉大師[5]的《發心修行章》為教材。**即使餵食香甜的美食、疼惜愛護，我們的肉體必然還是會倒塌；即使用絲綢包裹、細膩地保護，生命終究有盡頭。**我事先備課，查詢不知道的漢字，不知不覺一個季節很快就過去了。

就這樣過了第一個月的適應期，我感受到與在首爾生活時無法相比的悠閒。走路，持續走路。回頭一看，我在華沙幾乎只做了這件事。一有空閒我就會去公寓附近安靜的河邊散步；沒有事先規劃就搭上公車前往舊城區，在巷子間徘徊；漫無目的地走在附近瓦津基宮公園裡的林間小路。我一邊走路一邊思考，離開韓國之前就想要書寫的，那本關於「白」的書。

5 元曉（617-686），新羅時代的僧人，為韓國華嚴宗「海東宗」，亦即「芬皇宗」的初祖，致力於將佛法廣布民間。元曉大師留下八十多部對佛經的疏釋，現今尚存有十六部，其中較重要的為《華嚴經疏》、《涅槃宗要》、《金剛三昧經論》等。文中提及的《發心修行章》為元曉大師為出家修行之人撰寫的與「發心」相關的作品。

在我的母語中，想敘述「白色」時，有「하얀」（hayang）和「흰」（heuin）兩個形容詞。不同於乾淨如棉花糖的「하얀」，「흰」裡面蘊含人生和死亡的蕭瑟氣息。我想要寫的是關於「흰」的書。那樣走著走著，某一天我心想：「這本書的開頭必須從我母親生下第一個孩子的記憶開始。」二十三歲的母親無預警地獨自生下孩子，直到那女嬰斷氣之前的兩個小時中，母親不斷細聲呢喃著：「拜託不要死。」後來，另一天午後，我將那句話含在嘴裡，走在河邊的路上。當時突然體會到，這句話熟悉得不尋常。我直到幾個月前還在改寫《少年來了》，反覆修改到最後一刻的第五章中，出現了一模一樣的話，那是遭拷問的倖存者善珠，對正與病魔奮鬥的聖熙姊說的話。**不要死**。

在十月即將結束時，我獨自拜訪尤絲特娜推薦的華沙起義博物館。參觀完所有展覽後，我走進附設劇場觀看了一九四五年美國空軍拍攝這城市的影片。飛機慢慢地向城市靠近，被一點一點白雪覆蓋的景象也逐漸拉近。然而那並不是雪。我屏息注視著這城市七十年前的模樣：一九四四年九月市民起義後，希特勒下達指令滅絕這城市以儆效尤；在轟炸之下，這城市百分之九十五以上的建築物都被摧毀；白色的石造建築殘破不堪，其灰黑色殘骸無窮盡地延伸。那時我明白了，我停留的這地方，就是「白色」城市。那天回家後，我想像著某個人物。一個與這城市的命運相似的人：雖然被摧毀，卻堅毅地重建的人。當我體會到那個人就是我的姊姊，唯有出借我的人生和身軀，才能救活那女人時，我已經開始書寫這本書。

我記得，因為公寓的鑰匙只有一副，所以孩子從學校回來的五點到五點半之間，我一定得先回到家。在那之前，我一邊走路一邊思考這本書。若想到些什麼，就會站在路上，寫幾句話在小冊子裡。屋裡只有一間臥室，晚上孩子熟睡之後，我就會坐在餐桌前，或蜷縮在客廳的沙發床上蓋著毛毯，一句句寫下。

我就那樣在那城市寫下本書的第一、二章，然後回到首爾寫完第三章。那之後花了一年時間，回到書的開頭，慢慢地修改。孤獨與寧靜，以及勇氣。這本書賦予我生命的就是這些。因為我竟想將我的人生出借給姊姊、給嬰兒、給那女人，所以最重要的，就是持續思考關於生命的一切。因為想要給那女人流著溫熱血液的身軀，所以得要在每瞬間觸碰我們以溫熱的身軀活著的事實，不得不觸碰。必須相信我們體內還未甦醒、尚未弄髒的，怎麼樣都不會毀損的部分，不得不去相信。

說不定我現在還和這本書連結在一起。動搖、破裂、毀壞的瞬間，我想起你，憶起我想給你的白色事物。因為我不相信神，所以唯有在這種瞬間才懇切祈禱。

我想對在本書開頭出現的，一九六六年秋天的年輕母親和父親，轉達安靜卻不可能實現的問候。二〇一四年的秋天，兒子知道我在書寫關於白的書，所以從學校回來後，都會跟我分享他在學校看見的白色的事物，我想要對他表達溫暖的謝意。另外，我想對支持本書的編輯——詩人金敏貞獻上深深的感謝。

於二〇一八年春天

韓江

【評論】如何與我們身為人類的事實奮鬥？

權熙哲（文學評論家）

1

韓江曾經說過，希望自己這一連串作品能被視為一種「提問」。這並非企圖用老套的手法將作品中模糊的部分弄得別有意義。作者對每部作品的提問，都是驅動相關作品的動力。問題內容如下：「有辦法忍受混雜了暴力與美感的世界嗎？有辦法擁抱嗎？」（《素食者》，二〇〇七）「一定要活著嗎？能做得到嗎？」（《起風了，走吧！》，二〇一〇）「倘若一定要活著，人要定下什麼目標才能做到呢？」（《希臘語課》，二〇一一）「我真的相信人類嗎？我已經無法相信人類了，如今我該如何相信人類呢？」

（《少年來了》，二〇一四）[1]

我想為作者的話追加說明：

「問題是導向答案的道路。總有一天，答案出現時，那答案並不存在於針對事件真相的陳述中，而是存在於思維的某個變化中。」[2]

換句話說，其意如下：問題朝著某個答案。然而，答案並不存在於闡明某件事物或解開某個問題的陳述當中。充分陳述出問題時，正在思考那問題的思維本身也產生變化，答案就在那「變化」當中。因此問題只能繼續作為問題，更準確地說，問題持續延伸下去後，又成為另一個問題，透過一連串的轉移來運作。答案並不會以解決方案的形式存在。認為找到答案的那瞬間，反而會因為想快點看到盡頭的焦躁情緒，而使原本思考問題的思維從不停的「思維運動」中退出，有可能進而中斷了自己的思維運動。

1 出自二〇一六年五月二十四日記者座談會中，韓江的發言。作家大多數的發言內容，可於報導（http://ch.yes24.com/Article/View/30861）中確認，從《素食者》到《少年來了》提出的一連串問題，大多收錄於韓江與金衍洙作家的訪談〈無法用愛以外的其他事物說明〉（《創作與批評》二〇一四年秋季號）。

2 馬丁・海德格（Martin Heidegger），《思想的事情》（*ZurSache des Denkens*），文銅桂、申相熙譯，道路圖書出版，二〇〇八，141頁。

因此，這次重新閱讀韓江過去的小說，比起憑藉細膩的解說來找到正確的「答案」，更應該摸索提問之間的間隔和變化，讓那思維的運動再次於我們的閱讀中發酵。

2

如同《素食者》的英惠深切地體驗到的那般，倘若所謂人性化的生活，終究是在每個人內心最深處，深藏著暴力的駭人臉孔，那麼唯有在我們期盼自己不再是人時，唯有在我們企圖從人性化的狀況中脫逃，真摯地付諸行動時，才勉強能保存某種人性。[3]這

3 從對肉體的抗拒，到對人性化狀況的抗拒，這些在《素食者》（二〇〇七）中提出的問題，看起來像是從作家的第一部長篇小說《黑鹿》（一九九八）中的場景再深化、擴大而來的。「第一次和義善一起去市場時，每每經過肉鋪或海鮮店，他全身都在發抖。（……）我一問他為什麼不吃肉，義善就以略微苦惱的表情，給我一個很長的答覆。『就……牛、豬或雞這些動物中，總要有某個動物死掉，我才能吃那個肉。終究是由動物死去的代價，換來我日益健康的身體……不管怎麼說，我都不覺得我自己比動物還要有價值。（……）我覺得我沒有理由要吃那些動物的肉，活得比牠們還久，我也覺得自己沒那個資格。』」（《黑鹿》，文學村，二〇〇五〔一九九八〕，255～256頁）雖然這並不是《黑鹿》一書中的核心問題，但至少在

樣看來，想變成樹木的英惠[4]，才是真正保存某種人性的人物。然而，相信自己正逐漸變成樹木而拒絕進食的英惠，實際上是否只是被關在精神病院漸漸死去罷了？（「可是

這場景中，義善看似為了提出以下的問題而有所準備，「若人性化的狀況非得要破壞人類以外的事物才能維持，那麼不從人性化的狀況中逃離出來，是合乎倫理的嗎？」這問題正同於《素食者》的英惠接續提出的問題。

4 舉例來說，就像是以下的句子：「是不是說我……我的內臟器官都退化了？是不是？」「我現在不是動物，姐姐。」「我可以不再吃飯什麼的，只要有陽光，我就能活下去。」（《素食者》，創作與批評，二〇〇七，中文版173頁），然而英惠打算變成一棵樹的這行為的核心，並不在於她想模仿樹的某種特性而倒立，而是在於她拒絕飲食，並讓自己曝露於陽光中。她製造出從人性化的環境中逃離出來的契機，從目前的位置上脫離。在這裡可以參考吉爾·德勒茲（Gilles Louis René Deleuze）和皮埃爾—菲利克斯·瓜達利（Pierre-Félix Guattari）的一些句子。「成為（＝生成）終究不是相互關係間的對應。即便如此，那也不是相似性、模仿，更不是同一性。成為（……），除了自己本身〔生成本身——引用者補充〕以外，無法生成任何事物。」（吉爾·德勒茲、皮埃爾—菲利克斯·瓜達利，《千高原》〔*A Thousand Plateaus*〕，金在仁譯，新潮流，二〇〇一，452頁）韓江的小說藉由植物和動物、女性和男性、愛和暴力、光明和黑暗，將人生簡化，並在其中顯露出對前者的喜愛，韓江藉此對良善的意志表達同意之情，這或許才是使韓江的小說簡化的原因。韓江在《黑鹿》一書中「作者的話」裡已有提到，《黑鹿》書寫的並非「贏過黑暗的光明」，而是「同時擁抱光明與黑暗」。（「在言語和沉默、黑暗和光、夢境和現實、死亡和生命、記憶和真實之間有個空間。那空間不僅存在於這些事物之間，而是從內到外包圍這一切，充斥於其中。我懇切祈求，我的話能夠真確地穿過那個空間。」439頁）關於這空間的洞察並非僅是裝飾品，被靜靜地安放於「作者的話」中，而是實際上在韓江的小說中運作的某種力量。舉例來說，在韓江的小說中，與其表明善的意志：選擇成為植物，而非動物；追求光明，而非黑暗，更是探究兩個要素之間的根本關係，以及只能從那點提出的問題。關於這點，在本文的後半部，會再與《白》（二〇一六）這本書一起討論。

（……）妳在慢慢死去啊！」「妳只是躺在床上〔精神病院的床——引用者補充〕，慢慢地死去，僅此而已。」中文版192頁）不過英惠反問：「……為什麼不能死掉呢？」（中文版177頁）雖然英惠被指責說不過是在逐漸死去，但她卻質問：「為什麼不能死掉？為什麼一定要活著？」明明作為人活著，只不過是在剝削並破壞其他的存在和其他人，對其造成傷害，或者說只是在盡可能全面避開這種狀況而已。因此在《素食者》一書裡，問題已經起了變化。起初是：「若說人性化的行為，是唯有破壞人類以外的事物，甚至是破壞其他人才得以維持，那麼不脫離人性化的行為，這合乎倫理嗎？」後來則變成：「然而，欲脫離人性化的行為以合乎倫理的這個行動，只能以死亡終結嗎？我們能採納這個結論嗎？若不能採納，為什麼不能死呢？為什麼要活著呢？在符合倫理的行為中，我們究竟有沒有可能擁抱人性化的生活？」這個提問從逐漸死去的英惠身上，轉移到想要救活妹妹的仁惠身上，並於《素食者》最後的場景中呈現出來。

盛夏的樹木像是嫩綠色的火花一樣在面前燃燒起來。（……）無情地籠罩著全世界的林海，彷彿都化作火焰，裹在她疲憊的身體上熊熊燃燒。（……）

她不明白，這些在晨曦中冒著綠色火焰的樹木在向她傾訴著什麼。

（……）

那不是溫暖的言辭，也不是安慰她、給她勇氣的話語。反之，那是冷酷的、冰冷的生命之語。不管她怎麼環顧，怎麼尋找，也沒有發現能接納自己生命的一棵樹。沒有哪棵樹願意收留她，只是像一隻活生生的猛獸那樣，頑強而威嚴地矗立在那裡而已。（中文版191頁）

她安靜地吸了一口氣。路邊「熊熊燃燒著」的樹木，像無數隻大型猛獸側身而立。她定定地凝視著。像等待回答一般，不，像是在反抗似的，她的眼神幽暗且強韌。（中文版221頁）

雖然仁惠想說服英惠即使要變成樹木，也要先吃東西活下去，但仁惠才是那個曾經試圖自殺的人。這是因為某天她突然明白，過去的生活不過是麻痺痛苦和恥辱，堅忍過來的罷了，她從沒有感受過真正活著的感覺。（「這所有的一切都是沒有意義的／無法再忍受了／不能再這樣下去了／不想再這樣下去了。（……）她終於明白，自己在很早之前就已經死了。」中文版186～187頁）仁惠為了自殺，拿著要上吊的繩子走上公寓後方的山上，尋找適合綁上那繩子的樹木時，甚至感受到「匪夷所思的平靜」。（中文版187頁）然而，仁惠自殺不成。「不管她怎麼環顧，怎麼尋找，也沒有發現能接納自己生命的一棵樹。沒有哪棵樹願意收留她，只是像一隻活生生的猛獸那樣，頑強而威嚴地矗立在那裡而已。」樹木沒有接納她的生命，取而代之的是對仁惠傾訴「冰冷的生命之語」。雖然仁惠說不明白那話語的意義，但我們大略可以猜測到其意義。「活下去！在這世上，沒有樹木能收走妳的生命來贈予妳和平的、安息的死亡。我們拒絕妳的自殺。活下去！」命令她延續那無法再忍受、不能再那樣下去的人生的，就是「冰冷的」生命之語。因為樹木堅決地命令她履行不可能的事，所以它們看起來就像猛獸。後來仁惠繼承英惠的提問時，想起了傾訴冰冷生命之語的，宛如嫩綠色火花的猛獸，她像在反抗似的等待它們的回答。有可能接受宛如嫩綠色火花的猛獸下達的命令嗎？到底如何擁抱人性化的人生？

於是《素食者》的第二個問題串就這樣延續到後半部。從乾脆選擇一死的「為什麼不能死掉呢？」轉移到「如何擁抱人性化的人生呢？」

3

「如何擁抱人性化的人生？」《起風了，走吧》（二〇一〇）和《希臘語課》（二〇一一）都直接與這問題相連。

在《起風了，走吧》一書中，李貞熙為了反駁那些判定徐仁珠自殺身亡的主張而奮鬥。如同她相信徐仁珠選擇活下去一般，她自己也用盡全力選擇活下去。在《希臘語課》一書中，有個女人原本淹沒於死亡般的沉默中，而有個男人即使有預感自己會因為逐漸失去視力而失去世界，卻還是想積極地擁抱世界那無常的美。（71、83～84頁）以兩人的相遇為契機，女人恢復了語言能力，並且從宛如死亡般的沉默深海中，登上生命的陸地。《起風了，走吧》和《希臘語課》是否接連描繪出成功擁抱人生的人物？

在這過程中，為了回答「如何擁抱人性化的人生？」這提問，《起風了，走吧》提出了關於徐仁珠和李東柱的藝術觀和宇宙論。李東柱是徐仁珠的舅舅，同時也是李貞熙高中時期的戀人。其內容摘要如下：宇宙是從連時空都沒有的，零能量的混沌中誕生的。在某個隨機的瞬間，宇宙就像天地創造的神話一般，穿透零能量的牆壁後，時空急速膨脹後生成物質。零變成了無限。一切的物質和事件，從變成無限的零所跳的舞蹈中迸出來。我們之所以很難理解這個命題，是因為我們認為「零」僅是一片空白。「魚大概會認為水是完全淨空的空間，如同我們即使一邊吸著空氣，還是覺得大氣是空的一般。然而，大氣絕不是空的。它會刮風、會打雷，強力的氣壓也會壓著我們的身體。」（70頁）換句話說，一切都是從宇宙膨脹而出的點，或是從連點都不是的「充滿的零」中誕生出來的。也就是說，宇宙的所有物質本來是單一個體，但會隨著相同的中子和量子如何結合，而變成其他的物質。若以同樣的方式來理解宇宙，那麼一切的存在彼此都是相連在一起的，在這之中無論是再怎麼不值一看的事物，也都是零，都是無限。當我們理解這樣的事實後，就能再次將我們所擁有的人生看為某種猛烈的事物。（44、61～62、69～71頁）若這樣來看，我們在被撕得破爛的這人生中，也可預見聖潔的一面。（151頁）李東柱的墨畫，以及想要將其再現的徐仁珠的創作，是否正在把虛空中可見的黑暗所吹拂的無形之風，以及那道風每一個紋理所凝結的能量網脈再現出來，如此使無限的舞蹈具體呈現出來？是為了再次確認在無限的舞蹈中一切都連結在一起，並且接著那舞步繼續往下跳，才會在他們的作品中響起命令之語，要他們朝向那無形的風，貫穿那風前進，藉此來呈現這小說的標題嗎？所以，怎能不在李東柱和徐仁珠的墨畫中看見生命的火花呢？怎能不借那火花之力燃燒我們體內的火花呢？提問至此，是否接近了關於「如何擁抱人性化的人生？」的某個答案。那麼一來就能解決這困難的問題嗎？或者能使這問題變更成其他問題嗎？

似乎不是如此。李貞熙並不相信前面所介紹的宇宙論，也不相信這邊提出來的答案。（67頁）雖然李貞熙試圖從徐仁珠那裡讀懂人生的意志，但劉仁燮所讀出來的，徐仁珠死亡的引力究竟有多麼強大？（311～313頁）李貞熙尋找徐仁珠的死亡真相這件事，實際上不過是有許多漏洞、能被反駁的拼圖罷了。（219、261頁）即使作家指出，最後一個場景是為了清楚表明對人生的選擇而寫下的[5]，在那之中多少還是能解讀出對死亡的選擇及渴望。

> **所以生命曾經停留在我們身上，是一種特例，是罕見的奇蹟。**
> **我有時在那奇蹟上劃出刀痕。每當那時血就凝聚，流了出來。**
> **不過我好像知道，**
> **這並非因為我很愚昧，**

5 出自姜桂淑和韓江的訪談，〈介於生命氣息和死亡氣息之間〉，《文學與社會》二〇一〇年春季號，343、345頁。

而是因為這是條我無法避開的路。

……就如同現在我不打算避開那被冰覆蓋的山一般。（386頁）

這個段落，是否可解讀成：無法避免在奇蹟般的生命上劃下刀痕，使鮮血流淌？徐仁珠不避開破壞自己母親人生的象徵性場所——彌矢嶺溪谷，可解讀為徐仁珠也不會避免自己的人生遭到破壞。這麼一來，前面所提到的關於「零」和無限的觀念，終究也都是會合流於無限當中的道路，所以多少能從另個角度將其解讀成，要人不用害怕死亡的一種陰險計謀。

《希臘語課》的狀況也與此相似。導致女人失語的「那東西」無法那麼輕易被馴服。「**不可能那麼容易。**」（56頁）「**不對，（……）沒那麼容易。**」（13頁）人生、世界都不過是「無數的變數在漆黑之中相遇後，偶然被允許的可能性；不過是短暫地膨脹、岌岌可危的易破泡沫」，所以「**你差點就不會誕生了**」（52頁）那偶然被允許的、岌岌可危的人生可能性，彷彿隨時都會崩塌一般危險不已，無論用什麼方法都無法脫離那危險的狀態。因此「那東西」隨時都可能如死亡的衝動般找上門來，再次奪走女人的語言能力。而且在透過語言連結的人生和世界中，女人反而感到痛苦；相反的，在宛如死亡的沉默中，卻感到平靜。（15～16、30～31、56～57頁）雖然女人在這小說中的最後一個場景裡，出聲講出「樹林」這個字，所以她確實登上人生的陸地了，但是她並非在完全安定的狀態下選擇了人生、穩定落腳於大地，她身上仍殘留著可能性，隨時可能再次被捲入宛如死亡的沉默深海中。不過，對於「如何擁抱人性化的人生？」的提問，這小說並非光是提出不肯定的方法而已。《希臘語課》所呈現對人生的理解是：不論用什麼方法接受並選擇了人生，在「那東西」（人生的斥力？死亡的引力？）的面前，人看起來只會再次被捲入沉默及黑暗中。

在這兩篇小說中，並沒有找到「如何擁抱人性化的人生？」這提問令人滿意的正解，這提問也沒有發展到後來自己變形為其他問題。我這麼說並不是主張這兩部作品失敗了，也並非要說它們有什麼缺點。只是這兩篇小說雖然挑戰回答「如何擁抱人性化的人生？」，並藉由尋找答案的動力和急迫性之類的東西，使我們內在某個部分顫慄不已，但為了避免急於在「必定要選擇人生」或「人必須擁抱人，才能讓人存活」[6]這類還不夠成熟的答案中停下腳步，韓江的寫作忠於呈現那份急躁的失敗，依然保留「如何擁抱人性化的人生？」這提問，在裡面停留，使這提問延續下去。

4

因此，《少年來了》（二〇一四）接續《起風了，走吧》（二〇一〇）和《希臘語課》（二〇一一）繼續丟出這個問題並持續思考。撰寫《少年來了》時，作家想到的問題是：「我真的相信人類嗎？我能擁抱人類嗎？」「我已經無法相信人類了，如今我該如何相信人類呢？」[7]這也可說是仍然在前面的提問周邊打轉。而且這些問題在《少年來了》一

6 金衍洙和韓江的訪談〈無法用愛以外的其他事物說明〉，《創作與批評》二〇一四年秋季號，318頁。
7 同注6，319頁。

書中，看似匯聚成「人類是什麼？」這一個提問。人類究竟是什麼？我可以相信人類並且擁抱人性化的生活嗎？

人類是什麼？《少年來了》以八〇年代發生在光州的駭人罪行為根據，證明人類為了占有權利或維持權利，能夠說出「柬埔寨死了兩百多萬人，我們沒理由做不到」（中文版234頁）這種話，而且還能將其化為行動。某頁中提到「上頭下令鎮壓時要盡可能凶狠粗暴」（中文版150頁），同一頁還說：「這有什麼問題？你打人，人家還給你錢，沒理由不動手吧？」人就是能將這些話實踐出來的存在。人不僅能在沒什麼特別的目的之下一再殺害他人，還能肆意拷問存活的人，完全詆毀他們人性化的一面，彷彿在對他們說：「讓我們來告訴你們，當初在那裡揮舞著國旗、齊唱著國歌是多麼愚蠢的一件事；讓我們來幫你們證明，現在這骯髒發臭、傷口潰爛、像野獸一樣飢腸轆轆的身體，才是你們。」（中文版134頁）「就像在濟州島、關東、南京或波士尼亞等地，所有慘遭屠戮後重新開始的土地上發生的那些事一樣，同樣的殘忍彷彿是刻在基因裡的。」（中文版150頁）因此，現在換我想要問先生您一個問題。

所以說，人類的本質其實是殘忍的，是嗎？我們的經歷並不稀奇，是嗎？我們只是活在有尊嚴的錯覺裡，隨時都有可能變成一文不值的東西，變成蟲子、野獸、膿瘡、屍水、肉塊，是嗎？羞辱、迫害、謀殺，那些都是歷史早已證明的人類本質，對吧？（中文版149頁）

如何能否認這些問題呢？

我沒有忘記每天與我見面的人都是人類的事實，包括現在在聽我述說這一切的先生您也是，我自己也是。

（……）

我正在奮鬥，無時無刻不在與自己奮鬥，與還活著的自己、與沒死掉的羞恥感奮鬥，與我是人類的事實奮鬥，與唯有死亡才能讓我解脫的想法奮鬥。先生呢？和我同樣都是

人類的您，能給我什麼樣的答覆呢？（中文版150～151頁）

於是，在《少年來了》提問「人是什麼」的過程中，「如何擁抱人性化的人生？」的這問題，變得很難再繼續問下去，很難再答覆。如同在最後引用的句子中所呈現出來的那般，現在的問題看似正逐漸演變成「如何與我們身為人類的事實奮鬥？」

《少年來了》在繼續詢問這問題的同時，特寫了東浩、正戴、正美、恩淑、善珠、振秀等幾個人物。在名為「人類」的暴力面前，他們看起來像是無情地被犧牲了；他們的奮鬥看起來像是完全失敗了；他們的犧牲和失敗看起來像是在見證歷史的其中一個側面。然而，這並非全部。

要是現在正美姊突然打開房門走進來，一定會馬上衝到她面前雙膝跪下，和她一起去道廳前找正戴。你還是他朋友嗎！你還算是個人嗎！當然，你也會任由她打罵，並哀求她原諒。（中文版41頁）

本來想要帶你走的，你卻拔腿往階梯方向逃跑，面露驚恐，彷彿只有奔逃（往軍人即將攻入的道廳方向——引用者補充）才有活路般。「東浩啊，跟我走吧。你得跟我一起離開這裡才行。」你緊抓著二樓欄杆，渾身發抖。最後與你四目相望時，你的眼皮不斷顫抖，因為想要活下來，因為內心充滿著恐懼。（中文版105頁）

在你死後，我沒能為你舉行葬禮，

導致我的人生成了一場葬禮。（中文版112頁）

「這是我的責任，對吧？」

（……）

要是我叫你回家，和你分食完海苔飯捲以後，起身再次叮嚀你，你就不會留下來了，對吧？

所以你才會來找我嗎？

想要來問我為什麼還活著，對嗎？（中文版199頁）

明明你的死又不是他害的，為什麼在你的親友中，他最先滿頭白髮、拱肩駝背，難道他還想要報仇嗎？這樣想著，我就覺得心情很沉重。（中文版206頁）

明明不是自己的責任，這些人卻想將責任扛在自己身上。人們遭軍人射殺而死，他們卻如同那是自己的責任一般，將全副心思投注在那死亡中，對無能為力的事豁出性命或脫離人生的道路。他們所做的正是與「自己身為人類」的這事實奮鬥，而這為他們保留了某部分的人性。他們證明了：我們唯有跟自己身為人類的這事實奮鬥，才能成為人。當權力強迫人承認，「所謂的人類，就是沒有罪惡感的暴力本身，或是在暴力面前屈服的、發出惡臭的身軀」，他們證明了那些並非人類的全部。人不會以這種形式被摧毀。只要他們抗議，說人的死亡不會以這種形式被摧毀；只要東浩對於並非自身責任的正戴之死產生責任感；只要恩淑和善珠對於並非自身責任的東浩或其他所有人之死產生責任感。他們與自己身為人類的事實奮鬥，藉此保存某部分的人性。因此，他們終究不是犧牲者。而且我們能以那種方式，艱難卻又欣然地擁抱人性化的人生。

在《少年來了》結尾登場的「我」，幾乎沒有與韓江本人切割開來，相關內容整理如下。

把他們當成犧牲者是我的誤會，因為他們打從一開始就不想要成為犧牲者，所以才會選擇留守在那裡。每次只要想到那十天期間，在那個城市裡發生了那麼多憾事，腦中就會浮現那些瀕臨過死亡的受虐人士。他們努不不懈地再度睜開眼睛，吐著滿口鮮血與牙齒碎塊，撐開難以張動的眼皮與施虐者四目相望。他們想起自己的臉孔與嗓音，以及宛如上輩子才有的尊嚴。那一刻被打破時，虐殺來了，拷問來了，強制鎮壓來了。推擠著，蹂躪著，剷除著。但是現在，只要睜著眼睛，只要凝視著，最終我們……（中文版240～241頁）

人到底是什麼？莫里斯．布朗肖引用喬治．巴塔耶（Georges Bataille）的作品如此寫道：「所有人存在的根本都有所不足。」[8]因此人才需要「他人」。需要他人的那種存在，即是人類。這句子不能解讀為：每個人都有所不足，所以為了填補彼此不足的部分才需要彼此。所有人存在的根本都有所不足，正因為那不足，人才會在他人的異議與否認中暴露出來，且得以放棄對絕對內在性（或者自由性）的幻想。在這樣的暴露和放棄之中，我的實存正藉由他人在根本上不斷地被提問，在這基礎之上，能引發出自己超越自我的可能性。因此，不足並非充滿的相反，不足反而能超過原有的。為了「超過」，人類需要他人。若沒有與他人相遇，人就只會侷限於自己本身，變得沒有感覺；若沒有與他人相遇，人就會處在對絕對內在性的幻想當中。「人覺得自己擁有堅定的自我一致性和自

8 莫里斯．布朗肖（Maurice Blanchot）、尚－呂克．儂曦（Jean-Luc Nancy）《不可言明的共同體／相對的共同體》，朴俊相譯，文學與知性社，二〇〇五，17頁。**（譯註：此書內容集結莫里斯．布朗肖《不可言明的共同體》和尚呂克．儂曦《相對的共同體》，原先分開出版，但韓國出版社將兩位作家的著作收錄於同一本書。）**

我判斷力，所以確信人能以單純的實存個體獨自立足。」「這不過是在表面上看起來完整罷了，其中含有最病態的極權主義的起源。」[9]

這麼說來，什麼樣的他人才能對個人提出最強力的異議，並否認個人的位置，而引發出使個人超越自我的可能性呢？正在死去的他人能夠做到。[10]

因此可以如此總結：於正在死去的他人面前，人無法獨自存活，無法停留在自己的位置上。人類忠實地履行了這點。

當然，人類是沒有罪惡感的那股暴力本身，也是在暴力面前屈服的、發出惡臭的身軀。只要我們依然是人，踐踏人類尊嚴的虐殺、拷問和強制鎮壓總是會為了推擠、蹂躪、剷除我們而來。然而，只要我們還睜著眼睛，「少年」就會一起過來，正在死去的他人總是會一起過來。與這少年相見時，如同那少年曾經那麼做一般，當我們對他人的死亡傾注全心，接受我們的實存在根本上受到質問的事實，然後超越自己時，我們也能與身

9 同注8，13頁。
10 同注8，23頁。

為人類的事實奮鬥，進而擁抱人性化的人生。如何與我們身為人類的事實奮鬥？如何擁抱人性化的人生？得藉由正在前來的少年，藉由正在死去的他人。

作者為這本小說定下的書名是「少年來了」，而非「記住少年」。或許是因為作者提出的前提是：與正在死去的他人相遇、暴露於針對我的實存提出的異議中，以及明白人的不足，這些並非依據個人的判斷來決定的，而是基於人類存在的根本原理，才使其可行。我在前文中考慮到這點，比起為了與正在死去的他人相遇而急切地做出判斷，更主張是少年正在前來。[11]

談論至此，現在應該能提出其他的問題。會有一個根本的層次，讓我們與身為人類

11　這也是短篇小說〈恢復的人類〉（《作家世界》二〇一一年春季號；《火蠑螈》二〇一二）的架構。這部小說的重點不在於：人類的生命力出乎意料地強韌，原以為燒傷會使神經全都壞死，但受傷的部分又再生長出新的神經，原來只要是人，終究都能恢復。在小說中，女人的恢復跟燒傷毫無關聯。女人對姊姊的死亡傾注全心，即便那並非她的責任。為此，她對自己的人生、從人生而來的喜悅，提出異議並加以否認。正是透過這樣的過程，讓女人得以超越自我，而這超越即是恢復。（針對這一點，作者曾經提出明確的說明：「女人最後祈求永遠都不要恢復的那祈禱，是想要與已死的姊姊同去的祈禱，也是打算永遠都不轉身背離自己的過錯、痛苦與悲傷的祈禱。然而，這祈禱卻反過來成了朝向恢復的祈禱。因為這是女人拆毀自己，懇切地想從自我中脫離的祈禱。」參見金衍洙和韓江的訪談，317頁。）

的事實奮鬥嗎？就好像正在前來的少年那樣？是否唯有以這層次為前提，才能擁抱人性化的人生？若真是這樣，那根本的層次是什麼？這是在《少年來了》一書中已經產生變化的問題，同時也像是《白》接著陳述的問題。

5

雖然作者曾說過，想要寫一些明亮又潔淨的內容[12]，但是《白》看起來不像是符合這個意圖的書，在《白》的序言中闡明的也正是如此。

提到「**白**」，下定決心要書寫相關文章的那個春天，我做的第一件事，就是撰寫目錄：

12　「寫完《希臘語課》時，我曾經想要寫一部非常明亮的小說，凝視人類潔淨與軟弱的一面，奇怪的是，卻不太順利。」（同注6，318～319頁）

（……）每寫下一個詞，內心就莫名的有所觸動。一定要寫完這本書。我覺得在寫作過程中，可能會讓某些事物產生變化。**我需要抹在患部的白色藥膏，像是某個能覆於其上的白色紗布之類的東西。**

然而，過了幾天我又再次閱讀目錄，陷入了沉思。

端詳這些單字究竟有什麼意義？

（……）一旦用這些單詞擦過心臟，就會有文句流淌出來，不論那是什麼內容。**我可以隱身在那些文句之間，蓋上白紗布藏起來嗎？**

（……）我因為偏頭痛這狠毒的老朋友，熱了一杯水來吞藥丸時，（靜靜地）體會了：**反正想藏匿在某處這件事，本來就是不可能的。**（中文版9～11頁，強調的部分由引用者標示）

「白色的事物，換句話說，是很單純又潔淨的事物。能消毒生活中被弄髒的部分、能治癒傷口。這本書將透過閱讀、書寫那些白色的事物，將它們塗抹並覆蓋在受傷的內心上。」即使在創作之前，這樣的創作意圖曾模糊地浮現在腦中，《白》還是沒有依據這意圖創作。雖然韓江的寫作好似呈現出「區分單純和骯髒、明亮和黑暗後，只對眼前事物寄託期盼」的那種樸素且善良的感覺，但這寫作終究沒有將事情由繁化簡，沒有將事情藏匿起來。畢竟想要藏匿黑暗、傷口、痛苦和死亡，本來就是不可能的。

在某種意義之上，「白」並非放置在黃色或黑色、紅色或藍色旁邊的色彩。[13]為了能呈現出從黃到藍的顏色，首先必須有能漆上那些顏色的、還沒被漆上任何顏色的某塊空白才行。舉例來說，那就像是純白的畫布。因此，畫布的「白色」並非與黃色、黑色、紅色、藍色等其他顏色對等的色彩。比起那些顏色，它位於更根本的層次，是讓其他顏色都能被呈現出來的底色。這就像是讓所有聲音都能發出來的潛在聲音——沉默。「白色並非死去的，**而是充滿可能性的沉默**。（……）那是年輕的『無』，更準確地說，**是開始前的無，誕生前的無**。」[14]

13 以下針對白色的省思，是參考金尚煥《解體論時代的哲學》，文學與知性社，一九九六，83～85頁，以及《諷刺與解脫，或愛與死亡》，信心社，二〇〇〇，136～138頁。

14 瓦西里．康丁斯基（Wassily Kandinsky）《論藝術的精神》（*Concerning the Spiritual in Art*），權寧弼譯，悅話堂，

為了讓一切的「存在者」得以存在，必須先開放他們「存在」的層次[15]，這時那「存在」可以說是「白」光。因此，「白」並非只是單純的白色而已。「白」是讓所有顏色得以呈現的條件，在它底層的某處，潛在的色彩正朝向現實化的表面沸騰而上。如同作家在「霧」和「蠟燭」中所寫的那般，髒兮兮的幽靈在白色的濃霧中散步時，終究沒有顯露出眼神。所以「白」並不潔白，也不單純，而是很複雜。

即使如此，「白」終究不會被弄髒。這不是說任何事物都無法侵犯白色的單純，相反的，就連在縫隙間看不清楚的、小而模糊的汙漬，在「白色」的背景上也能清楚地顯現出原本的顏色，所以很容易就會弄髒。然而，無論被染上哪個顏色的髒汙，「白」依然是能漆上其他顏色的，最極端的可能性之底層；是讓所有的聲音都能發出來的沉默；

15 二〇〇〇，94頁。強調部分為原文標記。
「**存在是最空虛的事物，同時也過剩**，因著這過剩的狀況，所有的存在者（……）在每個當下被贈與自己存在的本質樣式。」「存在在每個當下是否充溢（Uberfluß，滿溢出來）？存在者所有的充滿是否都從那裡（……）發源而出、滿溢出來？（……）然而若是如此，存在就不會僅是從存在者中提取出來放置在一旁，反而會率先在各處、在所有存在者中，留存為本質現身（das Wesende）。」（馬丁．海德格，《基本概念》，朴贊國、薛民譯，道路圖書出版，二〇一二，87、115頁。強調的部分為原文標記。）

是讓某種物質誕生的無；是無法被耗盡的空白。雖然白很容易受到毀損，但終究是無法被完全毀損的根本層次。因為有白，所以某些物質才能不斷從那裡重新開始。在《白》中，突然用白色的事物覆蓋住凌亂的人生汙漬時，與其說那是治療傷口的紗布，還不如說作家是在暗示：某些事物能從最根本的層次、最極端的可能性之底層重新開始，這都是在原理上已經被允許的。舉例來說，醜陋又粗魯的數字如傷口般刻印在門上，彷彿在訴說：「我什麼都不珍惜。我居住的地方、每天開關的門、我該死的人生，全都不珍惜。」（「門」，中文版14頁）這句話反映出欲隨便對待自己的人生態度。當作家在那門上再次漆上白色的油漆（「門」）時，當白雪將「自己的人生都已浪費的想法」改寫成新文句，如同白紙那般落下，覆蓋於路邊的醉客頭上時（「雪花」），都呈現出某些事物能重新開始的可能性。

然而，這種可能性總是蠢蠢欲動的這句話，並不如所看到的那般充滿希望，反而會讓人感到驚恐或害怕。因為打開最極端的可能性的「白」，隨時都可能抹去人在當下緊抓住的存在，將人向下拉往根本的層次，強迫你重新開始。比方說，那就像是我們被迫將現在正在閱讀、書寫的所有文句，都吞入紙張的「空白」處，讓它們消失並重新書寫。因此，當我們與「白」相視時，不得不這麼問：「與自己作對的這冰冷物質，到底是什麼？這個柔軟、瞬間就消散，同時美得令人窒息的物質，到底是什麼？」（「暴風雪」，中文版52頁）

雖然作家在《白》一書中，對出生兩小時就死去的姊姊說：「現在我會給你白色的東西。」（「蠟燭」，中文版34頁），然而「白」並非可以傳遞的事物。因為它是超越存在層次的空間，所以或許這個句子應該翻譯成以下的內容來閱讀：現在我會書寫白色的事物，我會透過我的寫作進入「白」的空間，會在超越存在層次的、最極端的可能性之底層，忘記我的存在。在那裡，你會看到彷彿已失去的存在的可能性，尚未消失並留存在那。我會在那裡與你相見，會在那裡與正在過來的你相見。在那個敵對且冰冷、柔軟又容易消散的、同時美得令人窒息的底層。

若能接受韓江在《白》中呈現出來而使人聯想到的，瓦西里·康丁斯基和海德格的色彩存在論；若能同意任誰都無法耗盡的、滿溢出來的潛能所沸騰的那空間，即是人類存在的根本層次，而在那裡，「白」能使一切東西在被摧毀後得以重新開始，那麼我們說不定能隨著韓江小說陳述的脈絡，回答前面遇到的幾個問題：「會有一個根本的層次，讓我們與身為人類的事實奮鬥嗎？就好像正在前來的少年？是否唯有以這為前提，才能擁抱人性化的人生？若真是這樣，那根本的層次是什麼？」或許能回答說：總是能讓事物重新開始的「白」，就是那根本的層次；當然人可能會不斷被摧毀，可能會不斷被弄髒，但我們擁有「白」這個層次，總是能不斷在上面描繪其他的輪廓，漆上其他的顏色；選擇留在「白」這個層次中的人，越是能將自己拋棄於人生之外，就越能對正在死去的他人傾注全心。

6

在《白》當中，「如何與我們身為人類的事實奮鬥？」的這問題還會持續發展下去嗎？

還是多少會急於以抽象的概念來解決？針對這一點，或許要看韓江的下一部作品會以什麼形式來提出什麼樣的問題，才能清楚說明。在本篇文章僅能猜測，韓江的下部作品可能會接續「人是什麼？」的這問題，深入探討「時間是什麼？」這類抽象的領域。會有這樣的猜測，並非僅因為關於時間的陳述在韓江小說的各處出沒，互相碰撞。（「有時對時間的感覺會變得敏銳。（……）我們走在極其銳利的時間稜角，在時刻更新的透明懸崖邊往前走。」（《白》，中文版11頁），「說不定時間並不會流逝。」（〈藍石〉，《火蠑螈》，215頁），「時間在流逝」、「時間繼續在流逝」、「時間不會停息」（《素食者》，中文版173、181、188頁），「時間終究不會停止。」（《黑鹿》，329頁））

那個根本的層次——名為「白」、「存在」的問題，即是「時間」的問題，這又該如何理解呢？若再次參考海德格提出的觀念，或許也可將其整理如下。「白」不論何時都滿溢出來，美得窒息，它敵對且冰冷地將人類現有的句子放入空白中，將句子刪去，並讓人重新書寫。一切存在都是起源於此。這就是「最極端的可能性」。人只要不埋首於日常當中，就會憑藉人的存在和這最極端的可能性互相衝突。最極端的可能性與其說是無規則的，不如說是超越規則。雖然人終究無法到達那可能性的層次，但人的本真未來不論何時都朝向那處前進，這就是「消逝」（Vorbei）。如同人們普遍認知的那般，時間是中立的，就像機器、時鐘那樣滴滴答答地流逝，並不是從未來流淌過來的。當人欲朝向自己最極端的可能性——「消逝」奔馳時，那「消逝」就會與那人的日常碰撞，使他以不同的角度看待日常，讓他對日常提出異議，藉此使他主動脫離日常。只有在這種狀況下，時間才會流逝。再說得精確一點，若人的本質是向自己最極端的可能性前進，那麼人就是時間。「在此前進過程裡，此有（指人類——引用者補充）是其將來，且在這種將來存有中，此有返回到它的過去和當前。在其最極端的存有可能性中被把握的此有，就是時間自身，此有不在時間之中。」[16]「時間就是此有。」[17]（然而，埋首於日常中的人，不知道自己就是時間的這事實。在前面有提到，即使人們所認知的「時鐘的時間」根本不是時間，但仍然唯有那種時間才被認為是時間。套用常人的語法，若並非時

16 馬丁．海德格，《時間概念史導論》，金在哲譯，道路圖書出版，二〇一三，142頁。
17 同注16，149頁。

間的「時鐘的時間」才被稱呼為「時間」，那麼本真的時間，就得以「時間的周圍」來稱呼。）

因此，思考「存在」的層次，亦即思考「白」，其實和思考「時間」相去不遠。倘若在「白」的空間中，與我們身為人類的事實奮鬥（在與他人的相遇中，失去我們自身的存在，並且超越我們自身）的這件事變得可能，而且這件事和返回到最極端的可能性，重新開始的那事有關連，時間的問題就會立刻介入其中。作家自己對這點有所預感並說：「當前能夠幫助過去嗎？活人能夠幫助死人嗎？（……）我想要相信，當前能幫助過去，活人能幫助死人。」[18]

不過，我必須推翻這信心。並非當前幫助過去，活人幫助死人，實際上是過去幫助當前，死人幫助活人。在〈恢復的人類〉一文中，存活的妹妹，不管怎麼做都無法幫助死去的姊姊，而且她也無法扭轉過去的事實：當姊姊在痛苦中死去時，她自己正騎乘腳踏車，著迷於人生的喜悅之中。然而，當妹妹否認自己、突破自我的界線，企圖觸碰姊

18 同注6，323～324頁。

姊的死亡時，她能保存人性化的某些部分，藉此得以恢復。當前存活的人能夠恢復，是始於與過去正在死去之人的相遇。換句話說，少年是為了當前存活的人而來的。藉由少年的幫助，人朝本真的未來前進，發展作為時間的自己的本質。或許會有點混亂，若用常人的用語再次說明，我們在時鐘滴滴答答流逝的時間的周圍，得以和過去相遇，並且唯有透過這相遇，才有可能朝未來前進。

〈在雪花融化時〉（《創作與批評》二〇一五年夏季號）不就包含了這種場景嗎？在K未完成的劇本中，一名少女在暴風雪裡迷路，向僧人懇求借宿一晚。雖然年輕的僧人答應讓少女借宿，但他害怕自己陷入誘惑，所以拒絕了少女拜託他陪伴的請求。少女拜託僧人，即使只有雪花融化的期間也好，希望他能留下。然而，積在少女頭上的雪花完全沒有融化。為什麼呢？並非因為這裸體的少女其實是鬼魂，沒有體溫雪才不融化的。少女說：「這是因為我們處在時間之外。」（317頁），我們之所以能憑藉死人的幫助來擁抱他人的死亡，藉此與我們身為人類的事實奮鬥（「我無法入睡，你能入睡嗎？我只要稍微睡著就會做夢。你不會做夢嗎？我總是做同一個夢。失去的人們，永遠失去的人們。」319頁）；之所以能返回到我們最極端的可能性、超越本真的時間、脫離時鐘的時間，用常人的用語來說，這即是因為我們處在時間的周圍。在時間的周圍，時鐘停止，連一朵雪花都沒有融化。因此，當死去的「他」找上K，對K分享各樣故事，並說他要把手伸出窗外時，K想：「死人的手有多麼冰冷呢？他碰到的雪會停留多久呢？雪花融化之前，我們還能再聊多久呢？」（325頁），這話多少有誤。因為遇見正在前來的少年；因為發現人本身就是「本真時間」；因為時鐘的時間能夠停止；因為能往下進入「白」的層次，所以這冰冷且與自己作對，柔軟而容易消散，同時卻又美得令人窒息的雪白雪花，並不會融化。

（編按：本篇文章之注釋皆為評論者注，譯者注另外標示。有中文版書籍者，引用頁碼為中文版，其餘為韓文版頁碼。）

白
흰

作　　者　韓江
譯　　者　張雅眉
封面設計　兒日
行銷企劃　林芳如
行銷統籌　駱漢琦
業務統籌　郭其彬、邱紹溢
責任編輯　吳佳珍
副總編輯　何維民
總 編 輯　李亞南
發 行 人　蘇拾平
出　　版　漫遊者文化事業股份有限公司
地　　址　台北市 105 松山區復興北路 331 號 4 樓
電　　話　（02）27152022
傳　　真　（02）27152021
讀者服務信箱 service@azothbooks.com
漫遊者書目：www.azothbooks.com
漫遊者臉書：www.facebook.com/azothbooks.read
發行或營運統籌 大雁文化事業股份有限公司
地　　址　台北市 105 松山區復興北路 333 號 11 樓之 4
劃撥帳號　50022001
戶　　名　漫遊者文化事業股份有限公司

初版一刷　2019 年 9 月
定　　價　台幣 270 元

國家圖書館出版品預行編目 (CIP) 資料

白 / 韓江 著 ; 張雅眉譯 . -- 初版 . -- 臺北市 : 漫遊者文化出版 : 大雁文化發行, 2019.09
144 面 ; 14.8X21 公分
譯自 : 흰
ISBN 978-986-489-360-7(平裝)

862.57　　108014062

This book is published with the support of the Literature Translation Institute of Korea (LTI Korea).

I S B N　978-986-489-360-7